LA DOUCEUR

En colonie de vacances, Steven, onze ans, tombe violemment amoureux d'un garçon du même âge, Jérémy. Cependant, ce n'est pas seulement l'amour qui va se manifester mais aussi la haine. Steven va suivre Jérémy jusqu'à se faire complice d'un acte de barbarie indicible.

À la voix de Steven qui, dix ans plus tard, se souvient, se mêlent celles de son frère aîné Baptiste et de son amie, Aude, la directrice du centre de vacances où a eu lieu le drame. Chacun cherche à saisir les responsabilités des enfants, le motif du déclenchement de la violence, une explication raisonnable à la perversion. Mais peut-on vraiment expliquer la docilité avec laquelle Steven s'est prêté au jeu macabre de Jérémy ? L'expliquer avec des mots et des notions d'adultes là où l'enfant ne conçoit pas les valeurs morales et sociales avec le même langage… Le sentiment de culpabilité n'a-t-il pas rejailli sur l'ensemble de la famille de Steven, sur ses parents, sur son frère ?

Écrit avec une retenue et une précision extraordinaires, *La Douceur* est à la fois un roman d'amour, qui met en lumière l'étrange puissance des désirs et des idylles enfantines, et une interrogation troublante sur la cruauté dont, parfois, les enfants sont capables.

Romancier, Christophe Honoré a publié L'Infamille, Scarborough *et récemment* Le Livre pour enfants *aux éditions de l'Olivier. Il écrit aussi pour le théâtre, la jeunesse et le cinéma.*

Christophe Honoré

LA DOUCEUR

ROMAN

Éditions de L'Olivier

TEXTE INTÉGRAL

ISBN 2-02-051239-4
(ISBN 2-87929-236-0, 1re publication)

www.seuil.com

Aude

L'un des gendarmes s'est approché de l'aquarium et avec son doigt, il s'est mis à toquer contre la vitre. Steven et Jérémy m'ont tout de suite regardée. Je suis sûre que s'ils avaient pu parler, ils m'auraient dit : « Hé madame la directrice ! Il a pas le droit ! Vous avez vu ? Il touche à l'aquarium… » J'ai baissé la tête. Ma main balayait la table du réfectoire comme si des miettes de pain y traînaient, alors que non, sous mes doigts, juste la surface collante du Formica. J'ai commencé à raconter n'importe quoi. Des animateurs ont laissé les gamins mettre une étoile de mer dedans et voilà, il a tourné. S'il y a bien une ânerie à ne pas faire, c'est de mettre une étoile de mer dans un aquarium. Ça pourrit tout. J'ai relevé la tête, le gendarme semblait intéressé, il m'écoutait, j'ai insisté. J'ai dit que c'était foutu, que ça resterait trouble, qu'en fait, il vaudrait mieux le vider et passer chaque pierre sous l'eau, bien frotter, les plantes, les poissons. Tout rincer à l'eau claire. Le gendarme s'est étonné, il ignorait qu'il fallait nettoyer les choses qu'on veut mettre dans un aquarium, il croyait même le contraire. On a continué à parler. Je lui ai expliqué comment faire une mise en eau : moitié eau de mer, moitié eau douce, vous comprenez, il y a toujours bien assez de sel rapporté par les plantes, les animaux, les gravillons, ah oui, surtout, il faut utiliser des gravillons, jamais de sable, ça bouche le filtre… J'étais prête à tout pour continuer à parler… Dès que je me taisais, on n'entendait plus que le bulleur. Comment pouvions-nous faire aussi peu de bruit ? C'est à cause du silence que j'ai eu peur… J'avais raison d'avoir peur. J'avais compris que je ne pouvais plus rien pour eux. Ils allaient les emmener, les interroger. Ça ne vous concerne plus, m'avait dit le vieux gendarme. Je voyais Steven qui regardait Jérémy et Jérémy qui lui souriait. C'était un sourire d'enfant. Encore aujourd'hui je me rattache à cette idée. C'était un sourire d'enfant. Mon portable a sonné, je l'ai tendu sans décrocher au gradé. Il s'est levé brusquement en le prenant, en fait il s'est mis au garde-à-vous. La conversation a duré, quoi, une minute. Il m'a redonné le portable, il ne savait pas comment l'éteindre. Le substitut du procureur autorise la garde à vue, il a dit, Jérémy et Steven sont désormais sous notre responsabilité.

J'ai proposé du cidre. J'avais soif. Ils ont refusé. Je crois qu'ils ont pensé que je voulais fêter la nouvelle. Embarrassée, je n'ai pas osé donner quelque chose aux enfants, alors qu'il y avait une bouteille de limonade sur la table.

Les trois gendarmes se sont regroupés devant la porte du réfectoire. Je me suis approchée de Steven et Jérémy parce que je pensais que c'était à moi de leur expliquer. Mais je n'avais rien à leur expliquer. Je n'avais rien à leur dire. Je me suis accroupie devant eux. Je sentais mon regard tellement dur que je me suis forcée à écarquiller les yeux, pour l'adoucir.

« On va au poste ? » m'a demandé Steven.

J'ai fait oui de la tête.

« On revient quand ? »

« Je ne sais pas Steven, je ne sais pas. »

« Vous avez prévenu nos parents ? »

« Oui, les tiens vont arriver. »

« Et ma mère ? » m'a demandé Jérémy.

« Je ne l'ai pas encore eue au téléphone. Je n'ai eu qu'une voisine. »

« Mme Loison ? »

« Non, une autre. »

Jérémy s'est levé et il est allé rejoindre les gendarmes. J'ai posé mes mains sur les genoux de Steven. Il portait encore le bas de son pyjama. Il était pieds nus dans ses tennis. Il ne tremblait pas. Tout bas il m'a dit : « Antoine est tombé dans le feu »... Je lui ai répondu : « Ne t'inquiète pas, il ne faut pas avoir peur, il faut être courageux... » Mais Steven savait ce qui l'attendait. On était enfermés là depuis presque deux heures. Il voyait bien tous les autres enfants de la colo massés dans la cour. Le calme qui régnait. La gravité de la situation, personne ne l'ignorait. Tout le monde était dans la cour, des cadets aux grands. Les petits, on les avait envoyés à la plage, à cause du traumatisme. Ils devaient être cent cinquante. Aucun jeu n'a été organisé. Ils attendaient. Quand les gendarmes ont ouvert la porte, j'ai tout de suite vu les filles juniors regroupées sur les marches de l'infirmerie. Elles chantaient, mais très doucement. Nous sommes tous sortis, elles n'ont pas cessé de chanter. C'était leur choix de continuer de chanter, leur force. J'ai reconnu la chanson : *Et quand serons-nous sages ? Jamais, Jamais, Jamais... La terre nourrit tout, la terre nourrit tout, Les sages, les sages. La terre nourrit tout, la terre nourrit tout, les sages et les fous...*

Les garçons juniors qui faisaient partie du bivouac étaient assis sur des bancs contre le mur de la cantine, ils étaient là pour témoigner mais aucun d'eux n'avait été convoqué. Ça ne se voyait pas sur leur visage ce qui s'était passé.

Jérémy s'est dirigé vers le fourgon, garé devant les pissotières. Il a attendu qu'un gendarme lui ouvre. Steven l'a suivi. Je pensais qu'il allait baisser la tête, mais non, il regardait autour de lui. Je crois qu'il cherchait l'animateur de sa tente, Guéna. Il s'est arrêté un moment pour lui sourire. Guéna s'est mis à pleurer, la tête entre les mains. Un gendarme a tapé sur l'épaule de Steven pour lui dire d'avancer. Steven n'a plus bougé. Il regardait Guéna pleurer, il regardait les autres enfants qui le dévisageaient. Le gendarme l'a un peu poussé dans le dos, Steven s'est tourné vers moi. Il m'a fait un petit signe de la main pour que je m'approche et là il m'a dit qu'il était en train de faire caca dans sa culotte. Le gendarme a entendu comme moi, il a fait comme si de rien n'était, faut y aller, il a dit. J'ai attrapé une serviette de plage qui traînait sur un séchoir, je l'ai nouée autour de sa taille et ils l'ont emmené. Ils les ont emmenés. Le fourgon a démarré, les enfants se sont écartés pour le laisser passer. Il a remonté la petite pente devant le portail. Ils ont disparu.

J'aurais voulu m'effondrer mais j'ai claqué dans mes mains. Je me répétais tu es la directrice, tu es la directrice. Tu es garante de la sécurité des autres enfants. Ils sont sous ta responsabilité. J'ai demandé à ce qu'un animateur par groupe se rende immédiatement dans mon bureau et j'ai fait ce qu'on attendait de moi, j'ai pris les choses en main. J'ai dit aux grands d'aller jouer à la thèque au stade, aux juniors d'organiser une balade vers le bois d'Amour et aux cadets, je ne sais plus, je leur ai dit que je ne voulais pas les voir dans la colo, de se débrouiller. Mon adjointe est partie livrer le goûter des petits sur la plage de l'Avant-Port. Le centre s'est vidé brusquement. Une plongeuse est passée au bureau m'annoncer qu'il n'y avait plus de pain pour le dîner, qu'il fallait téléphoner à la boulangerie. J'en ai profité pour lui faire remarquer que les tables du réfectoire étaient toutes collantes. Je vous ai demandé cent fois de repasser un coup d'éponge après celui des enfants. Si on leur demande de passer l'éponge, c'est uniquement dans un but pédagogique, pour qu'ils participent à la vie collective, mais la propreté, c'est le boulot des plongeuses, d'accord ? J'avais l'air malin de faire asseoir les gendarmes devant des tables dégoûtantes... Elle a quitté le bureau en pleurant à moitié. Elle répétait : « C'est pas de ma faute ce qui est arrivé. C'est pas de ma faute ! » Et elle avait raison.

Baptiste et Aude

– À ce moment-là, tu pensais que c'était de ta faute ?

– Je croyais que j'irais en prison. Je voulais payer pour eux. J'étais prête à me sacrifier. Non, je mens avec cette idée de sacrifice. En fait je pensais que j'allais devoir me sacrifier pour eux. Du moins légalement.

– Tu me dégoûtes.

– Écoute, Baptiste, faudrait savoir, c'est toi qui voulais tout entendre.

– Ça n'a rien à voir mais hier soir, quand tu as pris ton bain, j'ai pensé que tu étais morte. Je t'ai vue glisser en t'installant dans la baignoire, ta tête a cogné contre le robinet. Ta tempe était en sang, l'eau continuait à couler. Je coupais les tomates pour la salade quand j'ai eu cette vision. Parce que c'était vraiment comme une vision. J'ai continué à préparer le repas, puis je me suis mis devant la télé. J'entendais toujours l'eau couler et, de toi, aucun bruit. Je me demandais combien de temps j'allais mettre pour venir frapper à la porte de la salle de bains. Finalement, il y a eu le bruit du sèche-cheveux. Ce n'est pas la première fois que ça m'arrive. Depuis que je suis tout petit, j'imagine souvent la mort des gens qui vivent autour de moi et, d'imaginer ce genre de chose, ça me donne l'impression de décider qui doit mourir.

– Pourquoi tu me dis ça maintenant ?

– Parce que la mort de Steven, j'en ai jamais eu la vision. Mon père, ma mère oui, cent fois je les ai vus mourir. Mon petit frère, jamais.

– T'es en train de me dire que tu le regrettes ?

– C'est pas du tout ça. Je veux juste que tu n'oublies pas que Steven est comme nous, qu'il est vivant.

Steven

Maman a donné un billet de cent francs et la directrice derrière son bureau a refusé. Elle a expliqué qu'à part la coopérative de bonbons, je n'aurais pas la possibilité d'acheter des trucs, et que cinquante francs, c'était déjà beaucoup. Maman a cédé sans me demander mon avis. J'aurais voulu discuter, dire qu'à onze ans, cinquante francs c'était vraiment pas beaucoup, mais j'ai vu tous les parents qui attendaient derrière nous pour déposer l'argent de poche. Ils s'impatientaient. Maman a demandé si elle pouvait parler avec l'infirmière.

On s'est de nouveau retrouvés dans une file. Il y a eu une gamine de, quoi, six ans, que sa mère a mise debout sur le bureau de l'infirmerie. Elle lui a retiré son tee-shirt devant tout le monde. La mère a montré des bleus sur son dos. Elle gueulait, elle était très en colère, elle disait : « Je veux que ce soit clair dès le début, c'est pas une gosse battue ma fille. Vous entendez ? Les marques elle les a faites en jouant, hein, Delphine ? »

L'infirmière ne comprenait pas pourquoi la mère était en colère, elle ne comprenait pas ce qu'elle voulait dire.

« Moi je comprends très bien ! L'année dernière, la petite est partie en Ardèche et quinze jours après son retour, j'avais la DDASS à la maison. Ça fait bien devant les voisins, hein, ça fait bien ! »

La fille, presque nue debout sur le bureau, ne bougeait pas. J'ai senti maman me prendre la main et la serrer. On s'est regardés, elle souriait, elle a murmuré : « Tu vas te faire plein de copains ici mon chéri », j'ai répondu oui, je ne voulais pas l'effrayer. Moi, je réfléchissais, je calculais que si je demandais deux francs par jour pour des bonbons mais que je les achetais pas, en vingt jours, je pourrais économiser quarante francs et offrir deux cadeaux de vingt francs, un pour maman et l'autre pour Baptiste. Les dix francs restants, je ne savais pas quoi en faire.

L'infirmière n'a pas voulu que je garde sur moi le tube de Ventoline, elle m'a dit que l'infirmerie était toujours ouverte, que je pouvais venir en chercher dès que j'aurais du mal à respirer, même la nuit.

J'ai raccompagné maman à la voiture, elle me l'avait demandé. Là, elle a sorti un autre tube de Ventoline, neuf. Elle m'a dit que je devais le cacher et le garder toujours avec moi. Ensuite, elle est partie.

La cour était pleine de gens assis sur des valises. J'ai repéré deux filles qui notaient dans des carnets à spirales, ce que leur disaient des parents. Je me suis demandé si elles étaient mes monos. Le soleil disparut soudainement. L'ombre gagna partout. Des petits pleurèrent.

Je n'ai plus su quoi faire, j'ai décidé d'aller pisser.

Derrière moi, j'ai senti la présence d'un garçon qui m'observait. Je me suis dépêché de finir. Il avait les cheveux roux, raides, en brosse, décoiffés et sa lèvre supérieure était fendue.

– Tu t'appelles comment ? il m'a demandé.

– Steven Chabot.

– On est dans la même tente, moi c'est Jérémy.

Je lui ai tendu la main mais il ne l'a pas prise. Il s'est avancé à quelques centimètres de mon visage. J'ai pensé qu'il allait me mettre un coup de boule. Il m'a embrassé sur la bouche.

– J'étais sûr que t'étais pédé, il m'a dit.

Baptiste

J'ai conduit. Je devais passer mon permis une semaine après. C'est mon père qui a insisté pour que je prenne le volant. Ma mère était assise à l'arrière. Pendant tout le trajet, mon père m'a fait des recommandations, attention tu serres de trop près, là tu peux doubler, tu ne regardes pas assez dans le rétroviseur. On n'a parlé de rien d'autre. Après le coup de téléphone, ma mère n'avait pas donné d'explication, elle nous avait juste dit : « Ils ont un problème avec Steven à la colonie. » Et moi j'avais compris que Steven voulait rentrer à la maison, qu'il était trop malheureux, là-bas, loin de nous, qu'on lui manquait trop. J'avais compris qu'on allait le chercher, que c'était une victoire pour nous, décidément non, on ne peut pas se séparer. Et ce chagrin de Steven, que j'imaginais, j'en étais fier. J'ai conduit heureux. Jusqu'au moment où nous sommes arrivés en bas de l'église, j'ai mis mon clignotant pour tourner à gauche, remonter la côte qui mène à l'ancienne école. Ma mère s'est redressée de la banquette, elle a avancé sa tête entre les deux sièges, elle m'a demandé de me garer là. On va à la gendarmerie, elle a dit. Mon père n'a pas eu l'air surpris, pourtant, j'en suis certain, elle ne l'avait prévenu de rien. Je n'ai pas réussi à faire mon créneau, c'est mon père qui a dû s'en charger.

Nous étions tous les trois derrière la vitre, sans savoir si on allait avoir le droit d'entrer. Ma mère ne pleurait pas. Elle fixait Steven de l'autre côté, comme si elle détaillait un tableau ou une carte. Comme si elle cherchait sa route. Mon père, tourné vers la porte, observait les allées et venues des gendarmes. Il répétait « bon, bon… » et raclait sa gorge. Il se cachait à cause de ses yeux pleins de larmes. Je crois que si on lui avait annoncé la mort de son fils, il n'aurait pas plus pleuré. Steven, lui, nous souriait, il n'avait trouvé que ça pour nous consoler. Comme s'il avait compris que c'était à lui de nous consoler. Je l'entendais. Oui, je l'entendais.

« Est-ce que tu m'entends, Baptiste ? Je parle sans bouger les lèvres comme tu m'as dit de faire pour les chansons. Parce que je n'ai pas oublié le secret que t'as raconté le soir avant que je parte, ton truc, là, de chanter dans ma tête et que toi, même si tu es à des kilomètres, t'entendras. Que si je chante vraiment fort, sans ouvrir la bouche et que je ferme les yeux aussi, je te verrai, toi, à l'endroit où tu es, et ce que je verrai c'est toi qui bats le rythme de ma chanson avec les doigts. Est-ce que tu m'entends, Baptiste ? Parce que j'avoue que je n'y ai pas cru à ce truc qui ressemble à de la télépathie entre frères et je n'y crois toujours pas, mais je n'ai plus le choix, alors j'essaie.

« Dans le fourgon, tout à l'heure, j'ai fait une crise de nerfs, un peu comme les tiennes. Quand on est arrivés ici, ils ont appelé le docteur et il est venu. Il a sorti une piqûre, je me suis laissé faire. Maintenant, ça va, je suis calme, je sens que j'ai les joues rouges mais je suis calme. Ils m'ont douché aussi, c'est une gendarmette qui m'a lavé. Je me suis excusé à cause de l'odeur, elle a dit que c'était OK. Elle m'a donné un pantalon de jogging bleu et une chemise genre hawaïenne. Pas de slip, elle n'en avait pas. La chaise où je suis assis est en plastique. J'ai les fesses qui me piquent. Je ne dois pas me plaindre. La gendarmette, elle a pas lavé mes cheveux. Alors moi je sens encore la fumée et ça me rappelle.

« Regarde-moi, Baptiste ! Baptiste ! Voilà… Tu la vois la chemise hawaïenne ? Peut-être finalement que ça marche. Écoute, je ne sais pas quoi chanter, là, mais je veux vraiment que tu bouges les mains : *Ne sens-tu pas claquer tes doigts, claquer tes doigts, la musique est montée en toi, montée en toi, jusqu'à ce que le feu soit mort, le feu soit mort, chante si tu le peux encore, encore, encore encore encore…* »

Ils ne nous ont pas laissés entrer. Ils ont dit que vu les circonstances, le magistrat avait autorisé la garde à vue, même si Steven était mineur. Ils n'ont dit que ça puis ils ont proposé des cafés et ont installé trois chaises de bureau devant la vitre. Il fallait patienter. Steven était juste à côté. Il nous regardait. Nous sommes restés deux heures sans bouger, chacun assis sur sa chaise. Deux heures pour nous préparer au pire. Steven portait des habits qui n'étaient pas les siens, trop grands pour lui. Ils avaient déguisé mon petit frère, ils l'avaient enfermé dans une cage. C'était déjà une punition. Nous nous sommes tous soumis, personne n'a protesté. Je ne peux rien leur reprocher mais cette mise en scène, même si elle n'était pas réfléchie, je veux dire même si eux aussi attendaient, même si eux aussi avaient peur… Les choses auraient dû se passer autrement… Le téléphone marron sur le rebord de la fenêtre. L'autocollant sur la vitre : « Binic, le grain de beauté des Côtes-d'Armor ». Les bulles qui flottaient dans la fontaine à eau. Tous ces cris d'enfants qui remontaient des plages. Dans la pièce où était Steven, je me souviens d'une reproduction d'un tableau de Toffoli, une femme inca qui porte son bébé sur le dos. J'ai fixé mon regard sur ce bébé, je me suis interdit d'en détacher mes yeux. Je me suis endormi.

Mes parents m'ont réveillé peut-être une demi-heure après, ils voulaient que je les accompagne pour réserver des chambres d'hôtel. L'interrogatoire n'avait pas encore eu lieu. J'ai refusé d'aller avec eux, je ne voulais pas que Steven pense qu'on l'abandonnait. Ils se sont fâchés. Ma mère a crié pas question, on reste ensemble, tu viens avec nous. Le ton a monté. Une gendarmette est arrivée, elle m'a assuré qu'elle allait prévenir mon petit frère, de ne pas m'inquiéter. Elle est passée dans la pièce d'à côté et nous avons pu entendre tout ce qu'elle lui disait. Nous étions là, silencieux depuis quatre heures, alors que nous aurions pu lui parler à travers la vitre. Steven nous aurait entendus. Nous aurions pu parler. Mon père a dit on y va et ils sont partis sans faire un signe à Steven. Je suis resté un petit peu derrière eux pour écouter les mots de la gendarmette.

« T'as pas froid ? »

« Non non… Jérémy sera là quand vous m'interrogerez ? »

« Non, il y aura que toi. »

« Jérémy est retourné à la colo ? »

« Non. Il est dans une pièce à côté, il mange. »

« Mes parents, ils reviennent quand ? »

« Bientôt là. T'inquiète pas. Je pense qu'ils mangeront avec toi. »

« On va manger au restaurant ? »

« Non, ici. Vous mangerez ici, Steven. »

Et je suis sorti. J'ai profité que Steven a baissé un moment la tête pour sortir. J'aurais dû rester. Nous n'avions pas besoin d'être à trois pour choisir un hôtel.

Aude et Baptiste

– Tu veux qu'on arrête là ?

– Non, pourquoi ?

– Je ne sais pas. Regarde dans quel état ça te met. C'est... ça rime à quoi ?

– J'en étais sûr.

– Ne commence pas, Baptiste.

– Mais si, c'est évident. T'es incapable d'aller jusqu'au bout. Pour tout, c'est pareil, t'es incapable de finir les choses. Admets-le pour une fois.

– Pauvre con.

– Alors reprends si c'est pas ça. J'ai dit qu'il était onze heures... Qu'est-ce que tu faisais, toi, à onze heures ? Reprends ! Tu vois, tu ne reprends pas.

– Je te l'ai déjà raconté cent fois.

– C'est pas vrai ! Et même si c'était vrai, je veux encore l'entendre. Je veux l'entendre dans l'ordre. Je veux de l'ordre, j'en ai besoin. Tu peux comprendre ça, non ?

– Non. J'arrête.

– Tu restes. Tu restes et tu m'écoutes. Voilà ce que tu as fait. Tu as réuni tous les animateurs, comme chaque soir. Quand tu es arrivée, ils étaient déjà installés autour des tables. Pour une fois, ils t'attendaient. Certains fumaient. Tu leur en as fait la remarque : interdiction de fumer dans les locaux qui accueillent des enfants. Tu as attrapé un verre sur le chariot de la desserte et tu t'es servie en cidre. Tu n'as pas fait le bilan de la journée, tout de suite tu as démarré le lendemain. Dimanche, jour de visite pour les parents. Après les recommandations habituelles, tu as forcé ta voix.

« Aucun visiteur n'est autorisé à pénétrer dans les marabouts, c'est clair ? Moi je risque d'être bloquée toute la journée au bureau avec des parents, c'est à vous de faire la police. Je sais bien que ça n'a rien d'une partie de plaisir, c'est pourtant le seul moyen d'éviter l'hystérie. Dites-vous que la plupart des parents ne sont pas au courant, mais au cours de la matinée, tout va se savoir, ça va se répandre comme une traînée de poudre et ça va être l'enfer. Donc : personne dans les camps ! Les parents qui viennent prendre leurs gamins pour la journée doivent partir aussitôt après avoir signé la décharge. Pour les autres enfants, je veux que ce soit une journée normale et qu'elle soit plutôt active. Comme c'est dimanche, vous êtes obligés d'aller tous sur la plage, Avant-Port le matin, Banche l'après-midi et, là, jeux, baignades, mini-olympiades intergroupes, parcours de golf et pas de monitorium sur les serviettes. Pas demain, ce n'est vraiment pas le jour. Les petits vous remontez dès dix-sept heures trente, juste après le goûter pour la douche et, le soir, je veux qu'ils soient couchés avant neuf heures. Pour les grands, le départ en camping lundi est confirmé, il faut vérifier les bicyclettes. Les cadets, j'ai vu que vous aviez encore une fois réservé la salle pour la vidéo, vous choisissez le film en fonction de la durée, pas plus d'une heure et ce serait bien que le brossage de dents ne s'éternise pas, j'espère que je me fais comprendre. Les juniors, vous faites comme ce soir, une veillée de petits jeux d'intérieur en grand groupe, s'il fait beau, vous pouvez même aller la faire sur la plage. Voilà, et je vous encourage à rester dans les tentes le plus longtemps possible après le coucher. Je suis désolée du côté très directif que prennent les choses mais demain sera une journée éprouvante pour tout le monde. Ne vous attardez pas en discussions inutiles avec les parents, envoyez-les-moi au bureau…

« Dernier point, concernant les enfants qui étaient au bivouac. Nous avons réussi à joindre à peu près tous les parents, pour l'instant aucun n'a décidé de retirer son gosse. Le pédopsychiatre est venu en fin d'après-midi ; là, il est reparti pour chercher ses affaires mais il revient demain et il reste jusqu'à la fin avec nous. Si vous avez un problème avec un môme, vous le lui envoyez. De toute façon, lui, il passera dans tous les groupes. Il est aussi là pour nous, les adultes je veux dire. N'hésitez pas à discuter avec lui si vous en ressentez le besoin. Voilà. Nous aussi, nous pouvons vous écouter… »

« On peut savoir ce qui s'est réellement passé ? »

« Non… Excuse-moi, ce n'est pas que vous ne pouvez pas savoir mais, moi-même, j'ignore presque tout. Les gendarmes ont pris une première déposition de Steven et Jérémy, je n'en ai pas eu lecture. Il semblerait qu'ils soient à l'origine de la mort d'Antoine, c'est tout ce que je sais. Plus ce que nous ont raconté Guéna et Emmanuelle qui n'ont rien vu, mais ont découvert le corps d'Antoine. Guéna et Emmanuelle ont très bien réagi. Emmanuelle a choisi de rentrer chez elle, elle ne sait pas encore si elle va revenir travailler. Guéna, lui, a préféré rester. Je compte sur vous pour l'entourer du mieux possible. De mon côté, j'ai eu une conversation avec les parents d'Antoine ce soir. Ils sont évidemment sous le choc, ils ne remettent pas du tout en cause Guéna et Emmanuelle, ni quiconque du centre. Ils sont très, très réceptifs… Très dignes et d'une grande force morale. »

« L'enterrement d'Antoine est prévu pour quand ? »

« Je ne sais pas encore… Aussi, je voulais vous dire, il est possible qu'on ait la visite de journalistes, je vous demande de les renvoyer vers la direction… »

– Voilà comment tu as menti ce soir-là, parce que tu as menti n'est-ce pas ? Tu savais exactement ce que Steven et Jérémy avaient fait.

– Tu t'amuses bien, j'espère ?

– Tu me l'as dit tout à l'heure que tu avais tout compris. Donc tu leur as menti à tes chers monos. Tu ne leur as pas parlé du corps d'Antoine, tu n'as pas dit sa chair grillée, l'odeur de son corps grillé, les plaques de sang marron sur les pierres autour du feu. Si, tu leur as dit ? Non Aude… Tu veux que je continue ? Tu veux que je raconte pour toi ? Steven te regarde et il s'aperçoit qu'il a des taches de sang sur son pantalon de pyjama, vite il les cache avec ses mains. Il ne pleure même pas, mon petit frère, quand il t'annonce qu'Antoine est tombé dans le feu. Toi, tu as des baguettes dans les bras, des baguettes fraîches pour le petit déjeuner. Lorsque Guéna t'a téléphoné, tu n'as pas cru à un « problème » trop grave. Tu t'es dit qu'une tente avait été déchirée ou que le paysan du champ d'à côté était passé pour se plaindre des enfants qui avaient piétiné son maïs. Il était huit heures. Tu as pris le minibus et déposé les voileux au centre nautique avant de rejoindre le terrain de bivouac. Au bourg de Lantic, tu t'es arrêtée dans une boulangerie. Des baguettes fraîches. Guéna était un de tes animateurs préférés, tu voulais lui faire plaisir. Au fait, Guéna était-il vraiment un bon mono ou seulement un beau gosse ? Hein ? Tu ne réponds pas ? Tu as raison, on s'en tape… Tu fais quoi ?

– Je vais me coucher.

– Reste. Reste.

– Ça me lance. J'ai plus de force, Baptiste.

– Je vais me calmer. Tu vas voir, je vais me calmer. Je te jure, c'est bien ce qu'on fait, c'est nécessaire.

– Non, ce n'est pas nécessaire. Nécessaire pour qui ?

– Rassieds-toi. Je vais nous chercher à fumer. Ne bouge pas, hein ?... Au fait je t'ai dit ce que m'a raconté la mère Montfanges ?

– À propos de quoi ?

– Hein ? C'est la vieille du premier qui fait chier son chat sur le paillasson du Polonais... Véridique, la mère Montfanges l'a vue. Et la vieille s'est pas démontée, elle a expliqué qu'il avait que ce qu'il méritait le sale polack... C'est fou, non ? Tiens. Tu roules mieux que moi.

– On devrait aller se coucher, Baptiste. On reprendra demain.

– Non.

– Vraiment, j'en peux plus.

– Tu as peur de me dire, Aude, c'est ça la vérité. Tu as peur.

– Peur de quoi ?

– De me dire. Ta tête est un caveau où tu laisses brûler l'enfance de mon petit frère.

Aude

Baptiste se lève. Il se dirige vers le réfrigérateur. Il prend un yaourt. Je pense qu'il a un peu honte de sa dernière phrase. Je pourrais ironiser, le piéger, lui dire tu t'es entendu, tu as entendu le ridicule de tes mots, mais je n'ai pas de force. Il passe devant moi, je lui tends le joint, il n'en veut pas. Il part dans notre chambre. Je frotte mon jean où traînent des miettes de tabac. J'entends son bain couler.

Son histoire de tout à l'heure, celle de ma tempe qui vient cogner contre le robinet, c'était pour me prévenir. C'était pour m'annoncer qu'il se tuera un jour dans la salle de bains. Et là, j'avoue que j'y crois. Baptiste va se tuer dans la salle de bains. Il faudrait que je coure, que je le hisse hors de l'eau. Il faudrait que je crie, que je tape ses joues. Ou peut-être faudrait-il simplement que je l'appelle, là, maintenant. Que je dise Baptiste ? Baptiste, tu prends ton bain ? Oui, peut-être ces mots suffiraient-ils. Baptiste, je t'aime, ne suffiraient pas. Je devrais m'intéresser plus à lui.

Je m'allonge sur le plancher, j'inspire profondément et je bloque la fumée dans mes poumons.

Steven

On est onze garçons dans une tente, plus le moniteur. Chacun son lit, un lit en fer avec un matelas, même un traversin. Il n'y a pas de placards pour ranger les habits, on les mettra plus tard dans des casiers, dans le vestiaire, près des douches. Je crois que le vestiaire est fermé toute la journée, ils ne l'ouvrent que le matin. Entre les lits, posées directement sur l'herbe, il y a des lattes de bois qu'ils appellent des caillebotis. Il faut les soulever parce qu'on peut trouver de l'argent dessous, laissé par les gars du mois de juillet. Il faut les soulever sans se faire voir.

Je suis dans le groupe des juniors. J'avais l'âge de passer chez les petits grands, ceux qui partent en camping une semaine sur deux, mais j'ai préféré rester chez les juniors, parce que c'est le groupe de Jérémy. Son lit est près du mien. Il a caché sa lampe de poche dans son duvet, on ne dormira pas cette nuit.

De toute façon, nous, les juniors, on part aussi en bivouac.

Le mono de la tente, il s'appelle Guénaëll ou Guénadal ou Guéna, je n'ai pas très bien compris. Il fait jeune. Jérémy il dit que c'est un stagiaire, qu'il n'était pas là l'année dernière. Mais quand il lui a demandé, Guéna a répondu que non non, il n'était pas stagiaire. Jérémy ne le croit pas. C'est vrai qu'il a rougi quand il a dit ça, il avait l'air emmerdé.

On a attendu longtemps sur nos lits. Dans la tente, certains se sont battus. Il y en a d'autres à qui on a donné une alèse. Jérémy, il s'est arrangé pour qu'on change de lits, de manière à éviter d'être à côté de ceux qui pissent. Mon lit touche celui du mono. Je lui ai dit que je viendrai dans le sien, si le soir je fais des cauchemars. Ça l'a fait rigoler. Il est cool. Pendant que les autres foutent le bordel, on joue sur le lit de Jérémy avec ma Gameboy. Jérémy est nul. Il dit que non mais il l'est.

On nous a montré la plage. Ils avaient oublié de descendre des ballons alors on a fait des ricochets. Jérémy est vachement fort. On n'a pas joué longtemps parce qu'il fallait remonter manger et parce qu'on s'est fait engueuler par un connard qui nous a dit qu'il avait pas l'intention de se faire chier avec nous. Je crois que c'est le pire des moniteurs, celui de la tente 15.

On a mangé des sardines à l'huile. C'est les restes du mois de juillet.

Il paraît que les petits sont tellement tarés que l'infirmière, ou je ne sais pas qui, leur met des trucs dans la bouffe le soir pour qu'ils s'endorment.

Jérémy veut essayer ma Ventoline.

Il y a déjà trois mecs qui se sont levés dans la nuit pour aller pisser. Chaque fois, le caillebotis grince et j'entends le jet couler dans le seau à pisse. Le seau est tout près de l'endroit où sont rangées nos chaussures, sous la penderie. Mes Nike vont sentir la pisse, sûr. On est seuls dans la tente, Guéna n'est pas revenu. Je crois qu'il est à la réunion des moniteurs. Jérémy ronfle dans son lit, presque tous les mecs de la tente ronflent. Il y en a d'autres qui parlent et un, juste en face de mon lit, qui se balance de droite à gauche, comme s'il se berçait. Il est deux heures du matin. J'ai froid. Si je me branlais, peut-être qu'après j'arriverais à dormir, mais je ne sais pas à quoi penser et j'ai peur qu'on m'entende.

Guéna vient de rentrer. Il a fait un tour dans la tente avec sa lampe de poche pour vérifier que tout le monde dormait. Moi, il a bien vu que je faisais semblant. Il s'est assis sur mon lit, il m'a demandé si tout allait bien. J'ai répondu oui. Il m'a dit bonne nuit Steven et il m'a caressé le front. Ça m'a fait drôle et plaisir qu'il se souvienne déjà de mon prénom, alors que bon, on se connaît depuis à peine un jour. J'aurais bien aimé qu'il me fasse un bisou comme Baptiste. Je n'ai pas osé lui demander. Quand je serai grand, je serai mono. Je serai le mono préféré.

J'arrête ma mémoire.

Une infirmière est là.

Je remonte mon slip sur mes couilles mais je laisse dépasser le bout de ma bite. L'infirmière fait celle qui n'a rien remarqué, comme si j'étais normal.

– Steven ? Vous avez… ?

– Oui, j'ai.

Et je lui montre le verre vide sur la table de chevet.

– Bien. Bonne nuit.

– Je dois me lever à quelle heure demain ?

Elle se retourne, elle ne sait plus quoi dire.

– Comme vous voulez… Vous avez un atelier ?

– Non.

– À midi alors, enfin après dix heures, vous n'aurez plus de petit déjeuner.

– C'est pas grave.

– Vous voulez que je dise aux filles de garde de ne pas venir faire la chambre demain matin ?

– Oui, ce serait bien.

Je lui souris.

– Alors bonne nuit Steven.

Et elle se sauve.

Quand on m'ouvre, il sort de drôles de choses. Des grappes de graisse reliées par des morceaux de muscles pleins de sang. Aussi des chansons, des *quand j'étais petit je montrais mon cul à tous les passants, ma mère me disait veux-tu le cacher, je lui répondais veux-tu le lécher.* Mais ma mère, elle, elle ne sort pas. Elle reste cachée derrière un boyau. Elle regarde toute cette merde qu'ils me retirent et elle pense, je suis sûr, elle pense qu'il était temps. Elle applaudirait si elle ne craignait pas de se faire remarquer puis mettre dehors. Le danger l'oblige à vivre ce bonheur calmement. Je ne ferai pas comme elle quand on tuera mon fils, je crierai. Mais le jour où une fille sera enceinte de moi, je me ferai petit, profil bas.

Voilà à quoi je pense en retapant mon lit. Puis je m'allonge, je bande et j'imagine pendant un temps qu'un vieillard arrive pour me lécher le trou.

Je disais quoi ?
Je disais quoi ?
J'ai la nuit bien à moi.

La directrice, derrière son bureau, a expliqué qu'à part la coopérative de bonbons, je n'aurai pas la possibilité d'acheter des trucs. Elle me déteste. Pourtant je n'ai pas pissé dans mon duvet.

– Il faut quand même aller prendre une douche.

– Pourquoi les autres ils le font pas ?

– Tu prends ta douche et après tu rejoins tes copains au réfectoire.

La directrice est assise sur les marches devant le bureau, elle tient une tasse de café entre ses mains. Il y a des petits qui viennent l'embrasser sur les joues. Ils doivent la connaître de l'année dernière.

– Mais tu t'appelles comment ? me demande-t-elle.

– Steven Chabot.

– Bon, Steven, maintenant tu vas prendre ta douche, tu ne restes pas là dans le passage… C'est qui ton moniteur ?

– Je ne sais plus son prénom…

– Tu es dans quelle tente ?

– Guénadaël ?

– Hein… Guéna… C'est Guéna, tu es chez les juniors, tente 12. Viens.

Elle rentre dans son bureau, je ne veux pas y aller. Je ne veux pas qu'elle téléphone à ma mère. J'ai pas pissé, j'ai pas pissé…

– Steven ! Steven !

Je m'enfuis vers le réfectoire. Tout le monde me regarde. La directrice me court après, elle croche dans ma veste de pyjama. M'agrippe.

– Ça ne va pas, non ? qu'est-ce qu'il t'arrive ?

– C'est les autres qui m'ont poussé dans le seau à pisse ce matin.

Après je pleure et j'oublie.

Aude

J'ai trouvé Baptiste en pleurs allongé sur notre lit. La serviette de bain ne tenait plus autour de sa taille mais elle ne laissait pas voir sa peau. Baptiste ne se cache pas pour pleurer devant moi, il ose me dire que je ne l'aime plus, qu'il le sait, qu'il préfère ça, vivre avec moi sans amour plutôt que de me savoir vivre ailleurs. Baptiste dit qu'il porte toute la douleur de notre histoire, tous ses mauvais moments. Il dit que, moi, je ne porte rien. Baptiste pleure souvent dans le lit tandis que je m'endors comme si je ne l'entendais pas.

La douleur de notre histoire n'existe pas, c'est une invention de Baptiste, une prière. Notre histoire est très heureuse, nous sommes amoureux l'un de l'autre, nous vivons ensemble, nos amis viennent nous voir, nos familles nous regardent avec tendresse, l'appartement est grand. Nous ne sommes pas des monstres. Pourquoi avoir peur ? J'ai trouvé Baptiste en pleurs allongé sur notre lit. Ses cheveux étaient mouillés et j'ai pensé qu'à dormir les cheveux mouillés il finira par tomber malade, aussi que je ne craignais plus sa mort. J'ai pensé prends-le dans tes bras, offre-lui quelques baisers, tes mains sur sa peau, ta langue contre son dos, entre ses fesses et sur ses couilles. Mon sexe s'est mouillé, je me suis retournée contre le mur jaune.

– T'éteindras, moi je lis pas, ai-je dit.

Parce que je voulais lui faire un peu de mal. Je voulais qu'il continue à douter de mon amour. Je ne voulais pas qu'il s'en sorte. Il s'est levé. J'ai profité un court moment de l'étendue du lit. Un court moment, je me suis persuadée que je vivrais mieux seule. Baptiste n'est pas revenu. Il a refermé doucement la porte de l'appartement derrière lui.

Je cours dans son bureau et j'ouvre la fenêtre. Je me penche pour l'apercevoir sortir de l'immeuble. Je le vois. Il ne relève pas la tête.

– Baptiste !...

C'est ma voix qui a crié.

– Baptiste !...

Je ne peux pas crier plus fort et prendre le risque de réveiller tout le quartier.

Aude et Baptiste

– T'es content de toi ? Je te cours après, tu es fier ? Allez on rentre, il fait froid… Baptiste ! Je m'excuse, voilà je m'excuse, c'est bon ? Je l'ai dit. Mais regarde-moi… On va où comme ça, hein, tu vas où ? C'est pas drôle, je te jure, ça devient glauque. Tu es glauque, Baptiste… Tu te crois intelligent là, hein, mais non. Pas du tout. T'es con, c'est tout… Parce que moi je peux te raconter n'importe quoi, même des trucs faux, tu entends ? C'est pas à moi que ça coûte de raconter. Moi je vais très bien. Je suis désolée de te dire ça, mais c'est clair. Pour moi, il n'y a pas de problème. Et pour ton frère, non plus…

– Comment tu peux, Aude ? Il est à l'asile Steven.

– C'est lui qui a demandé à y être. Et ce n'est pas un asile, arrête. Je peux t'en montrer moi si tu veux, des asiles, c'est autre chose, crois-moi… Il n'est pas enfermé ton frère. Il ne tient qu'à lui d'en sortir. Rien ne l'en empêche.

– Tais-toi. Rentre.

– Je bouge pas sans toi.

– On bougera pas alors.

– Après la réunion, j'ai été déboucher avec l'intendant quelques bouteilles de blanc dans la réserve. On en a profité pour faire un rapide inventaire de ce qui nous restait en cidre et limonade.

– Qu'est-ce que tu fais là ?

– Eh bien, je raconte… Si je raconte, nous pourrons rentrer à la maison, c'est bien ça ? Donc, je raconte. Le nombre exact de bouteilles, j'ai oublié. Mon adjointe nous a rejoints, elle était avec Guéna. Ils revenaient tout juste du commissariat. Nous sommes restés un moment tous les quatre sans parler. C'était comme une veillée de mort, chacun dans son coin, à ranger sa mémoire. Puis l'intendant nous a servi un verre, nous avons trinqué. Oui, trinqué, trinqué pour que la colo continue. Nous nous cachions derrière les autres enfants dont il fallait s'occuper, nous avions ce souci-là, leur donner malgré tout de bonnes vacances. Je te l'accorde, c'était ridicule, nous étions ridicules.

– Te fâche pas.

– Je ne suis pas fâchée. J'ai mangé dans la cuisine, je voulais laisser les animateurs entre eux au réfectoire. Puis je suis allée vérifier que tout le monde dormait. J'avais oublié de prendre une lampe de poche au bureau, je marchais à tâtons. Je suis rentrée dans la tente de Steven et Jérémy, je me suis allongée sur le lit d'Antoine. J'ai senti un truc me gratter le dos, des gamins avaient déposé des fleurs sur son duvet. Et je me suis effondrée. C'est ça que tu voulais savoir, non ? À quel moment j'ai pleuré ? C'est là. Sur le lit d'Antoine. Et si j'ai pleuré, Baptiste, ce n'est pas parce que j'avais pitié de ton petit frère. Ni de ton petit frère, ni d'Antoine, ni de Jérémy… Non, j'ai pleuré sur mon sort. Sur ce malheur qui m'était tombé dessus. J'ai pleuré parce que j'étais la plus malchanceuse des directrices de centre de vacances, la plus éprouvée… Pas très glorieux, non ? Pas très héroïque ? Quelqu'un est entré dans la tête… dans la tente, je n'ai pas bougé. Je me sentais honteuse et menacée. C'était Guéna. Je l'ai entendu se déshabiller. Et j'aurais adoré qu'il vienne se coucher contre moi, mais non, il s'est couché dans le lit de ton petit frère. Pourquoi ? Pourquoi ? Je vais te dire ce qu'il faisait là : Guéna est à l'origine de tout. Il y avait une histoire d'amour et de jalousie entre eux trois : Steven, Jérémy et lui… Steven est tombé amoureux de Guéna, ça arrive tout le temps que des gamins tombent amoureux de leur moniteur. Guéna le sait, il se laisse faire. Complicité, gestes, ça dérape. Ils finissent par se toucher le soir au bivouac en cachette des autres. Antoine les surprend. Il est choqué. Il ne dit rien à personne. Alors, la nuit, Guéna se lève pour le tuer. Puis il réveille Steven, il l'emmène avec lui près du feu où gît le corps d'Antoine. Steven décide de se dénoncer à sa place, il pense qu'on ne met pas en prison un mineur… Il retourne se coucher. Il n'arrive pas à dormir. La peur. Il réveille Jérémy, il lui raconte tout. Jérémy sait que Steven ne pourra pas assumer le mensonge jusqu'au bout, lui s'en sent capable : il se sacrifie. Toute la nuit, ils mettent au point le scénario à raconter à la police. Jérémy prend le rôle de l'assassin, Steven celui du complice. Guéna est hors de danger. Elle est simple comme bonjour cette histoire... Qu'est-ce que tu veux ? C'est une histoire d'amour. D'ailleurs, je peux la raconter encore plus simplement. Je suis amoureuse de Guéna, c'est à cause de ses yeux. Les mêmes yeux que mon père, très clairs. J'ai toujours tout pardonné aux garçons aux yeux clairs. Quand j'arrive ce matin-là au terrain du bivouac, quand je vois les yeux de Guéna remplis de larmes, je comprends immédiatement. Il ne m'aime pas, c'est ton petit frère qu'il aime. Il a tué Antoine pour lui. Et je pardonne. Après c'est simple d'arranger les choses afin qu'il ne soit même pas soupçonné. Je le sauve, par amour... Excuse-moi. Je suis nulle. Je sais, je ne suis pas drôle, je ne suis pas très drôle... Je reprends. Si ! Écoute, je reprends. Je suis dans la tente, allongée sur le lit d'Antoine, Guéna est à côté, j'attends qu'il s'endorme. J'ai une crampe dans le mollet, tellement je me concentre pour ne pas bouger. Combien de temps je reste ainsi ? Une heure ? J'ai froid. Je décide de me lever, et je cavale à moitié sur le caillebotis pour quitter la tente. De loin, j'aperçois de la lumière dans le réfectoire. Je descends la pente en ciment, puis l'escalier qui mène derrière l'église. Je ne sais pas où je vais. En bas, je me mets à courir. Je cours comme une folle au milieu de la rue. Non pas comme une folle. Je retrouve mes sensations d'adolescente, quand je faisais de l'athlétisme le vendredi soir. Quatre cents mètres haies. Je cours comme à l'entraînement, exactement pareil, sautant des obstacles invisibles tous les dix mètres, retenant mon souffle, tirant sur les bras. Je ne contrôle plus que ça, mon corps en mouvement. Et je sens bien que je peine, je n'arrive pas à garder le rythme, l'énergie. Je suis obligée de stopper net devant la poissonnerie, le corps plié en deux. Je n'ai plus jamais couru depuis. Je calcule et non, pas une course en dix ans. Avec toi, jamais on court… Si ?

– Non.

– C'est crétin. Moi j'aime ça, courir. Enfin pas courir genre jogging, non. De vraies courses, avec un chrono. Sinon, je ne vois pas l'intérêt.

– Aude ?

– Quoi ?

– Pourquoi tu t'arrêtes ?

– Hein ? Après tu sais… Baptiste, ne m'oblige pas. Quoi ? Tu deviens lourd. Je suis partie vers le port, tous les cafés étaient fermés sauf L'Escale, la boîte de nuit. Je suis passée devant et il y a eu ce garçon qui s'est mis à me suivre et voilà…

– T'as eu peur ?

– Non, je n'avais pas peur. Pourquoi aurais-je eu peur ? Il n'était pas effrayant ce garçon.

– Ça te plaisait ?

– Quoi ?

– Qu'il te suive ?

– Oui. Et je n'ai pas à me justifier. Je pense que tu peux comprendre que j'avais besoin qu'on s'occupe de moi.

– Tu lui as dit ?

– Quoi ?

– Pourquoi t'étais toute seule à cette heure-là dans les rues ?

– Eh bien oui, évidemment. Je lui ai raconté que je dirigeais une colonie où un gamin venait de se faire assassiner, que du fait, ça me lançait un peu et que je n'étais pas contre tirer un coup pour me déstresser… t'es con ou quoi ?

– Mais tu lui as au moins dit ça, que tu voulais tirer un coup ?

– Non, Baptiste. Je n'ai pas dit ça. Je n'ai rien dit.

– Alors pourquoi il t'a suivie ?

– Parce que je lui plaisais, c'est tout.

– Je t'aime. Je t'aime, je t'aime, je t'aime, je t'aime. Il faut que tu me comprennes, que tu sois patiente.

– Je suis patiente.

– Pourquoi tu as dit que mon petit frère était amoureux de Guéna ?

– Non… Baptiste, tu sais très bien que c'étaient des âneries.

– Il était louche Guéna avec les gamins ?

– Arrête !

– Quoi ?

– J'ai froid, j'aimerais qu'on rentre.

Baptiste et Aude

– Finalement nous n'avons pas eu le droit de manger avec Steven. Après la déposition de Jérémy, le procureur a autorisé la prolongation de la garde à vue. Même lui parler était devenu impossible. Nous sommes allés dans une crêperie à côté du commissariat. Il était minuit, nous étions les seuls clients. En fait, je crois que ce sont les gendarmes qui ont demandé à la crêperie de nous servir. Il y avait une fille qui passait la serpillière dans la salle derrière nous. Sur la terrasse, toutes les tables étaient empilées. Et mes parents faisaient comme si de rien n'était, ils ne se pressaient pas. Ils n'étaient pas gênés. À ce moment-là, ils étaient déjà hors d'atteinte. Ma mère avait interdit en début de repas qu'on parle de Steven, alors ils se sont mis à parler de moi. Depuis début juillet, ils gueulaient parce que je n'avais pas trouvé de job, que c'était pas normal à dix-huit ans, de rester comme ça à rien foutre pendant deux mois. Je me souviens très bien de mon père disant ce soir-là : « Écoute, Baptiste, si tu crois que ta mère et moi on va te donner de l'argent pour partir en vacances, tu commets une grave erreur d'appréciation. Tes vacances cette année, c'était à toi de te les payer. On est mi-août, tu reprends l'IUT dès septembre, tant pis pour toi. Nous, personnellement, on n'a rien à se reprocher. » Mon père me parlait vacances, c'était insensé. La vie aurait dû s'arrêter, et nous, nous fracasser la tête contre les murs de désespoir, mais non. Vacances. Et je reprendrais bien une bouteille de cidre, et elle était bonne ta complète, la mienne l'œuf était miroir, baveux, j'aime pas. Ma mère a fini par dire qu'on devait aller dormir, qu'il fallait être en forme pour le lendemain. Une journée difficile nous attendait. Avant de quitter la table, elle a tapé sur la main de mon père qui voulait laisser un pourboire. Je devrais les détester. Sincèrement, aujourd'hui, je devrais les détester ou avoir pitié d'eux, du mépris quoi… Je ne sais pas pourquoi je n'y arrive pas.

– Ils étaient contents que t'aies eu ton bac ?

– Ouais, sans plus. Pour eux, c'était normal.

– Ils ont changé depuis.

– Je ne suis pas sûr. Moi, j'ai changé.

– Moi je t'ai changé.

– Je ne suis pas sûr.

– Imbécile !

– Ma mère a voulu qu'on aille faire un tour sur le port. Pour digérer. Ma mère avait besoin de digérer. Nous sommes remontés jusqu'au bout de la jetée, là où c'est éclairé.

– L'Avant-Port ?

– Je ne sais pas, ça doit être ça. Je me suis assis tout au bout, mes pieds à la limite de la surface de l'eau. On te laisse ? ils m'ont demandé. C'était inespéré. C'était comme un soir de vacances, un soir où j'aurais treize ans, où ils me donneraient la permission de minuit, où, au retour, ils raconteraient aux voisins que, cette année, on a laissé Baptiste très libre, il est grand maintenant, enfin grand, disons que ce n'est plus un bébé, alors on lâche un peu de lest, de toute façon on a confiance, il est raisonnable. Hein Baptiste ? C'est comment cette année, les vacances ? Et moi, du fond de ma canadienne, je réponds « valable » parce que je sais que c'est un mot qui impressionne ma mère, un mot qui n'est pas à elle et qu'elle va répéter devant la voisine en écarquillant exagérément les yeux : vous avez entendu ? Valable, je le dis du fond de ma tente, c'est un cadeau que j'offre à ma mère, l'occasion pour elle de briller face à nos voisins de camping… Tu sais, Aude, si je réfléchis bien, j'ai toujours eu honte de mes parents, de leur discrétion, c'est pas discrétion que je devrais dire… J'ai toujours trouvé mes parents médiocres, pas assez beaux, pas assez performants. Mon enfance, je l'ai passée à ça, essayer de redorer le blason… Et finalement, c'est Steven qui l'a fait. Il a rendu mes parents exceptionnels. Si je suis honnête, je dirais que je lui en ai été reconnaissant, jaloux, mais reconnaissant.

– Tu pensais à quoi, assis sur la jetée ?

– Tu vois que ça t'intéresse !

– Tu pensais que t'allais rencontrer la femme de ta vie ?

– Je refaisais le plan de la gendarmerie dans ma tête. Je cherchais à deviner où se situaient les cellules. Je me disais que dans un bled comme Binic, il ne devait pas y avoir besoin de prisons. T'entends ce mot. Prison. Steven était en prison. C'était pas comme passer une nuit au poste, non, c'était la prison. En prison, accusé de meurtre. Mon petit frère.

– Il a dormi où exactement ?

– Je ne sais pas. J'ai jamais osé lui demander.

– T'es sûr qu'ils l'ont laissé à Binic ?

– Oui, oui… Jérémy a été transféré dans la nuit à Saint-Brieuc, mais Steven, non. Il a passé la nuit là. En prison.

– Tu pensais à le faire évader ?

– Même pas. J'espérais juste trouver une fenêtre sous laquelle lui chanter une de nos chansons. D'ailleurs c'est ce que j'ai fait. Je suis allé traîner autour du commissariat et j'ai chantonné, comme un type heureux de vivre. J'ai dû faire trois, quatre tours comme ça. En chantonnant. Et si j'ai arrêté, ce n'est pas par honte, ou par peur d'être repéré. J'ai arrêté parce que je pleurais trop fort, plus rien ne sortait de ma gorge.

– Je ne savais pas.

– Je suis finalement rentré à l'hôtel. Dans ma chambre, ma mère m'attendait. Comme on était partis sans prendre d'affaires, elle m'attendait en culotte, avec juste un tee-shirt qu'elle avait pris à mon père. J'ai commencé à m'excuser d'être aussi tard, comme si j'étais en faute. Elle m'écoutait en silence. Puis elle s'est levée, elle m'a pris dans ses bras et elle s'est effondrée. Elle pleurait en répétant : « C'est pas possible, c'est pas possible... » Elle a commencé à m'embrasser les joues, dans le cou, sur les paupières. En répétant toujours les mêmes mots. J'ai remarqué qu'elle était pieds nus et beaucoup plus petite que moi, parce que même hissée sur la pointe des pieds, j'étais obligé de me baisser pour qu'elle puisse embrasser mes yeux. Et voilà, elle s'est sauvée. Un dernier baiser et elle s'est sauvée. Elle a essuyé ses larmes et elle est retournée s'allonger auprès de mon père. Je me suis brossé les dents. Je suis parti, j'ai pris garde de ne pas faire de bruit en refermant la porte derrière moi. J'avais faim, dehors tout était fermé. Il était bien deux heures, non ?

– Oui, je pense. Peut-être même plus.

– J'ai marché jusqu'à la plage, celle où il y a les CRS, à côté de L'Escale.

– Et tu m'as vue ! Bravo mon amour, on y est arrivés ! Maintenant au lit !

– Te fous pas de moi.

– Non, mais, Baptiste, je t'assure, je suis crevée. Faut rentrer dormir... Je travaille demain.

– Alors ça a servi à rien ?

– Pourquoi tu dis ça ?

– Si on va se coucher là, ça n'aura servi à rien...

– Qu'est-ce que tu veux raconter d'autre ? Moi j'ai plus rien à raconter. Le reste, c'est notre histoire.

– Arrête de faire la naïve, Aude !

– Naïve ou pas, je vais me coucher. Je suis morte de froid. Puis merde, tu cherches quoi ? Hein, Baptiste ? Pose-toi vraiment la question… Qu'est-ce que tu cherches ? Tu as voulu qu'on joue à « la première fois qu'on s'est vus et cætera ». J'ai joué. Maintenant, c'est fini. Moi je n'ai plus rien à dire. Pour moi ça ne change rien. Qu'est-ce que tu veux nous faire dire ? Que nous ne nous serions jamais rencontrés s'il n'y avait pas eu l'histoire de Steven ? C'est une évidence, nous ne nous serions jamais rencontrés. Et pour moi, ç'aurait été terrible. Parce que t'avoir rencontré, c'est ce qui m'est arrivé de mieux. C'est tout. Je n'ai pas à avoir honte. Aujourd'hui je suis heureuse et c'est grâce à ces circonstances-là. C'est peut-être dégueulasse mais c'est comme ça. Je n'ai pas envie d'en souffrir. Je n'ai pas envie de me rendre malade.

– Il ne s'agit pas de se rendre malade, juste de comprendre.

– Mais il est là le problème, Baptiste, c'est que, moi, je ne te comprends pas.

Aude

Si le garçon devant L'Escale m'a suivie, c'est à cause de mon sourire. Je m'étais appliquée. Ce garçon, je l'avais repéré.

J'en avais envie… Je vais un peu plus loin sur la plage. Galets. Rochers. Si ça te dit de me suivre… Tout ça dans un sourire.

Il m'a rattrapée derrière le trampoline du club Mickey. De la poche de sa chemise, il a retiré une paire de lunettes. Je ne voudrais pas les casser. Il l'a mise soigneusement à l'abri, m'a prise dans ses bras. J'ai fait de lui ce que je voulais. Un amant brusque et muet. Puis je l'ai viré. Gentiment. Il est parti, il m'a laissée me rhabiller. C'est à ce moment-là que j'ai aperçu Baptiste. Il était sur le muret qui surplombe la plage. Il était là depuis longtemps, il avait tout vu.

« Ça va ? T'es content ? T'as bien maté ? »

Il a sauté sur le sable, juste à côté de moi. Je n'avais pas encore remis mon soutien-gorge.

Il m'a demandé comment je m'appelais. J'ai essayé de paraître dégagée.

« Aude, et toi ? »

« Baptiste Chabot. »

Il a répondu comme à l'école.

Il s'est rapproché de moi, j'ai cru qu'il allait me frapper, il avait une telle maladresse, ses gestes saccadés, la façon dont il bougeait, ça ressemblait à des meubles qu'on pousse, puis à des élastiques qui lâchent. J'étais prête à crier à l'aide. Il m'a embrassée sur la bouche.

« Je ne veux pas mourir », il m'a dit.

C'est à cause de la douceur de son baiser, si je ne me suis pas enfuie.

Je l'ai allongé dans le sable, je l'ai déshabillé. Je me suis posée sur lui.

L'autre garçon est revenu. J'aurais voulu te parler, il m'a dit. L'air de rien, comme si Baptiste n'était pas là, comme s'il ne pensait rien de ce qu'il me voyait faire. Je lui ai tendu la main pour qu'il nous rejoigne. Baptiste s'est laissé embrasser par nous deux.

Je ne savais pas qu'il était le frère de Steven, je n'avais pas fait le lien.

Steven

Si j'étais né à Rome, aurais-je eu autant d'amants ?

Combien ?

Le premier à quel âge ?

Le premier traverse une place en courant. Il tombe, son genou saigne. Personne ne l'aide à se relever sauf moi qui sors d'un bureau de tabac où j'ai acheté les cigares de mon grand-père. Je m'approche de lui, je m'accroupis, je regarde son trou au genou. Le sang sèche vite grâce au soleil. Il est assis sur ses fesses. Une jambe pliée, l'autre blessée, tendue. Il met sa main contre son front parce que je suis dans le soleil. Il est en short. Bermuda. Vert pâle. Je lui parle en français pour lui demander s'il a mal et il me comprend. Je le relève. Il s'appuie sur mon épaule, on marche. Il boite. Nous traversons la place. J'ai posé ma main sur sa taille, je le soutiens. Le bermuda est grand, genre skateur. Je descends ma main dedans. Je lui croche le cul. Il me sourit. Je descends ma main dans le slip. Je cherche son trou. Il soulève sa jambe blessée sur le côté pour que je le pénètre bien. Il m'embrasse. Sa langue est un angle dur. Il marche à mes côtés, appuyé sur mon épaule, il boite avec mon doigt dans le cul. Ce n'est pas le premier, je suis déjà expérimenté.

Je prends un train en direction de Turin. Là, je reste quatre jours. Il ne se passe rien.

Il est où le premier ? À Venise ? Une plage. Le premier est dans le même camping que moi, la tente de ses parents contre la caravane des miens. Tous les après-midi, on va nager. On ne nage pas sur la plage réservée au camping. Non. On va un peu plus loin. Beaucoup plus loin, il faut marcher. On va nager avec les nudistes. Baptiste le sait, il nous espionne. Le premier et moi, on n'a pas de serviettes, rien à poser sur le sable. Une fois enlevés nos maillots de bain, on les noue autour de nos poignets. On marche le long de l'eau. On s'éclabousse. On se court après. On fait les malins devant les nudistes. On se fait bien mater. Puis on est recouverts de sable, on plonge dans l'eau pour se rincer. Le premier passe entre mes jambes. Quand c'est mon tour, il se met à chier. Chaque fois que je passe entre ses jambes, il se met à chier. Quand je refais surface un peu plus loin, la crotte flotte déjà sur l'eau. Il veut que je fasse pareil, je n'y arrive pas. Ça devient un jeu. Une angoisse. Je me retiens toute la journée pour pouvoir faire ça dans l'eau, mais non. La veille de son départ, le soir dans le bloc sanitaire, on est dans la même cabine de douche. Je me plaque contre les carreaux de céramique blanche, j'écarte bien les jambes. Je pousse et ça vient. Il m'applaudit puis il appuie sur le bouton pour déclencher la douche. Je chie sous l'eau moi aussi. On s'embrasse. C'est notre baiser d'adieu.

Le premier est parti et un nudiste m'a repéré. Il nage autour de moi, en cercle. Je fais du sous l'eau. Sa bite est énorme. Je sors avant lui. Je remonte la plage en marchant comme un pédé, bien déhanché. Je vais m'asseoir dans les dunes, à l'abri. Non. Allongé sur le ventre. Le deuxième me rejoint. Il s'accroupit à côté de ma tête, sa bite pend devant mon nez. On se regarde, on n'a rien à se dire. Il glisse sa main entre mes fesses en surveillant si quelqu'un arrive. N'aie pas peur, j'ai quinze ans, je lui dis. Il n'a pas l'air de me croire. Il ne retire pas sa main. Quelqu'un s'approche, alors il se lève et s'enfuit.

Je retourne chez les nudistes tous les jours jusqu'à la fois où je perds mon maillot en me baignant. Je le cherche pendant une heure et quart, je ne le trouve pas. Je panique. Je n'ose plus sortir de l'eau. Je refuse de retourner au camping tout nu, je n'imagine pas ce que je pourrais raconter à mes parents. Au bout d'un moment, dans l'eau, je tremble de froid. Je n'ai plus la force de nager. Je suis debout. Je grelotte. Je décide de me noyer et je le fais. Je meurs.

Si j'étais né à Rome, j'aurais manqué de temps.

Est-ce que je n'arrive pas à jouir parce que je ne sais plus ou parce que je pleure trop fort ?

Ils dorment tous, j'ai la nuit pour moi.

Je m'approche de la fenêtre, glisse la main derrière le radiateur. Les tubes de Ventoline sont là. Ça m'aiderait peut-être.

Il faudrait d'abord que j'écrive à Jérémy, j'aimerais lui reparler de *Clodomir l'assassin* et surtout de ce truc que dit Jouhandeau sur « la dignité, la seconde puissance ». J'ai l'impression de comprendre quelque chose, je ne voudrais pas me tromper. Et te tromper, Jérémy, mais à la fin de *Clodomir l'assassin*, il y a cette idée qu'en tuant l'amant de sa femme, il a tué le monde, non par mépris, ni par vengeance, juste il a tué le monde pour se mesurer à lui, et que se mesurer au monde, c'est être trop grand, non, trop plein, c'est pouvoir décider qui vit à ses côtés. Pour Clodomir, c'est un combat perdu. Ou alors une victoire qui ne donne rien, sauf la solitude. Je voudrais t'écrire pour te demander ça, est-ce que les assassins sont seuls au monde ? Avant, il faut que je le relise. Je vais le relire. La troisième phrase : « L'assassin est le plus bel homme de la contrée, le plus sain, le plus fort. » Il faudrait qu'on m'explique comment Clodomir l'assassin est encore en vie, en liberté. Parce que la première phrase, c'est : « Sous les yeux du Seigneur, le presbytère est bien gardé. » Et après : « En face du presbytère habite un assassin. » Tu sais, Jérémy, ça change tout, s'il fallait penser au monde avant de tuer Antoine.

Ils nous font asseoir, je suis à côté de Jérémy.

Jérémy m'a pris la main avant d'entrer dans la salle. Je n'en suis pas sûr, c'était la bousculade, mais il m'a semblé qu'il s'est emparé de moi, nous a tirés hors de la cohue puis placés côte à côte sur un banc. Je ne sais plus avec quels gestes il m'a guidé, s'il m'a touché ou non. On était les cinquante juniors pour la réunion du matin. Les six moniteurs tentaient de faire régner le calme. Ça résonnait. Il m'a touché.

Les monos nous présentent le programme de la journée. Ils parlent à tour de rôle et ils rigolent entre eux. On n'est pas obligés de faire tous la même chose, on peut choisir, il va y avoir des groupes.

Julien, David, Erwann, Pierre-Alexandre, Nicolas, Richard, Fatouma, Karine ; parmi les cinquante, je ne connais pas dix noms. Je ne veux plus être séparé de Jérémy. Je reprends sa main. Je la serre. Il me regarde en souriant puis nous nous apercevons ensemble que Guéna nous observe. Nous ne nous lâchons pas la main.

« La pêche pour l'aquarium, ça te dit », me demande Jérémy. Je fais oui et je réalise que je n'ai pas de bottes. Ça va me blesser de marcher pieds nus sur les rochers. Jérémy est déjà parti nous inscrire. Je piquerai les bottes à un mec de la tente.

Ce n'est pas Guéna qui fait la pêche mais un autre moniteur. Il nous a donné rendez-vous devant le réfectoire dans cinq minutes. Jérémy, il dit que l'autre moniteur est cool, il le connaît de l'année dernière. Moi il me dégoûte un peu, c'est à cause de ses sourcils qui ont des poils beaucoup trop longs. Aussi de son haleine mais, ça, je m'en apercevrai plus tard.

Nous sommes huit, il n'y a pas de filles. Nous descendons par la côte de ciment comme pour aller à la plage mais, après l'église, on tourne à gauche. On traverse des lotissements où des gens en vacances bronzent sur leurs terrasses. Le moniteur veut nous faire chanter *À la pêche aux moules, moules, moules*; il ne comprend pas qu'on ne comprenne pas. Quand on passe devant une affiche de *Batman*, Jérémy me demande si je l'ai vu puis, comme je réponds non, si j'ai envie de le voir.

« Alors on ira », me dit-il.

Et je sais que c'est une promesse. On ira. On sortira de la tente la nuit quand Guéna sera parti à la réunion. On quittera le camp avec nos affaires dans les bras et on ne s'habillera que lorsqu'on sera assez loin pour ne plus être vus. Jérémy aura des clopes volées aux filles des grands. La séance sera à vingt-deux heures, on boira des bières avant avec les touristes. Tranquillement. En tee-shirt sur les terrasses. Il me parlera de la beauté des bateaux amarrés dans le port. Des voyages que nous ferons quand nous serons vieux et morts. Et je me moquerai un peu de lui parce que je trouverai assez bêtes ses histoires de bateaux et de voyages. Après le ciné, on retournera sur la plage. Le sable sera glacé et la mer noire. Jérémy marchera sur les mains, des acrobaties pour m'impressionner. J'applaudirai. Nous remonterons parce que j'aurai froid.

Juste avant d'arriver à la colo, il y aura cette branche de mimosa qui dépasse du muret de la vieille école. Je ralentirai, je laisserai Jérémy prendre un peu d'avance et dans son dos, je la couperai. Après qu'on aura rejoint la tente, il la cachera dans son duvet.

Jérémy a dit au moniteur que nous n'avions pas besoin d'épuisettes et il m'a entraîné vers une mare. On attrape les crevettes à la main, aussi de gros poissons cachés sous les algues. Le moniteur dit que ça ne s'appelle pas des poissons-chats mais des gobies. Jérémy me fait enfoncer le doigt dans une anémone de mer, visqueuse et gluante. Elle projette un jet d'eau qui me brûle les yeux. Jérémy se marre, c'est un trou du cul qui pisse. Je ne me plains pas, pourtant je sens mes paupières gonfler. On se met à la chasse aux crabes. Quand on tombe sur de nouvelles anémones, je mets tout de suite mon doigt dedans sans que Jérémy ait à me le demander.

Le moniteur ne veut pas de nos crabes. Il dit qu'ils vont bouffer les poissons et faire régner la terreur dans l'aquarium. Jérémy va les rejeter tout seul dans la mer.

Nous remontons vers la colo, Jérémy pleure. Pour de vrai. Je pense que c'est à cause des crabes mais je n'ose pas lui demander.

Les autres sont déjà au réfectoire mais la directrice ne nous dit rien. Elle nous regarde mettre les bêtes dans l'aquarium. Elle connaît tous leurs noms. Elle demande si on a pensé à ramener des moules, elle dit que les moules, c'est très bien pour filtrer l'eau. J'en pêche une grappe au fond de mon seau. Elle me félicite. C'est super, Steven. On reste longtemps autour de l'aquarium et personne ne dit qu'il faudrait aller manger.

Pendant la sieste, j'écris une carte à Baptiste. Je ne lui dis rien pour le ciné, je ne lui parle même pas de la pêche. Je lui demande comment il va, et si oui ou non, il va partir en vacances avec ses copains. Je rajoute un P.-S. : il ne faut pas que tu fasses du stop parce que c'est dangereux.

Jérémy a lu ma carte, il m'a demandé qui était Baptiste. Il ne veut pas croire que c'est mon grand frère.

Je suis obligé d'inventer des phrases pour me protéger de ce qu'on veut faire de moi.

Je ne regarde pas assez la télé.
Il faut que j'apprenne.
Je dois être au courant de tout.

Mon adoré a les cheveux roux, raides, en brosse, décoiffés. Il se lève le matin et il n'y touche pas.

Parce que, au moins, j'ai mon corps. Ça, je le possède et les désirs qui vont avec. C'est tout ce qui m'appartient. Ils ont eu beau me donner des vêtements et des livres, des cassettes, le poste... Je sais ce que je laisserai derrière moi. Je sortirai sans rien sinon mon corps, mes yeux, mes dents. Même l'argent de Baptiste, je n'y toucherai pas. Je sortirai vide.

Je me rallonge sur le lit, braguette ouverte. Je recommence une partie de mon jeu favori.

Je rentre le ventre. C'est le seul effort que je m'autorise pour faire bonne impression. C'est un effort inutile, je leur plais déjà. Et même s'ils cherchent à me piéger, m'attirer où ils veulent que j'aille, à l'endroit exact où ils n'osent plus mettre les pieds, s'ils attendent qu'un autre qu'eux opte pour l'enfer, un autre qui aura mon corps à la merci de leurs yeux, j'accepte. Parce que, de toute façon, c'est là où je veux aller. À cet endroit exact. Poussez-moi. Accélérons les choses. Je suis décidé mais j'ai besoin de votre effroi un peu honteux. Je le réclame. Il n'y a pas de secret. Si vous ne me poussez pas, je ne tombe pas. Je ne peux pas faire mieux que mon torse bombé.

Ils se regardent. Ils se consultent. Ils se mettent d'accord. C'est un complot. Le premier s'agenouille devant moi, il prend ma tête entre ses mains. Le deuxième est derrière moi. Je le sais. Il a beau marcher en silence. Pas de loup. Sournois. Il va me claquer le cul. Le troisième a tiré les rideaux. Fenêtre ouverte. Si tu crois que ça me fait peur… Le premier commence mais ce n'est pas ce que j'attendais. Il m'embrasse. Sa langue glisse sur le contour de mes lèvres. C'est lamentable.

Je me lève et retourne vers le radiateur à la recherche des tubes de Ventoline. J'en respire pendant quatre minutes sans m'arrêter malgré la crampe qui m'engourdit le pouce, puis je me concentre pour recacher les tubes, il faut se dépêcher parce que, dans un instant, l'effet m'empêchera de penser.

Baptiste et sa mère

– Allô maman ? C'est moi…

– Qui ?

– Baptiste…

– Oh pardon. Excuse-moi, j'étais ailleurs. Tu vas bien ? La forme ? Aude aussi ?

– Aude oui, ça va.

– Toi non ?

– Si.

– T'as pas cours aujourd'hui ? Non, c'est vrai on est mardi. Ton père est parti chez le coiffeur ; je ne sais pas ce qui lui arrive. Ça lui a pris d'un coup, comme ça, à midi. Moi ça ne m'arrange pas parce que j'avais besoin de la voiture, mais bon… Tu le connais, quand il a une idée en tête. Aude, ça va alors ?

– Oui…

– T'appelles d'où ? Je t'entends mal.

– Je suis dans une cabine.

– Pourquoi tu m'appelles d'une cabine ?

– Il fait froid chez vous aussi ?

– Tu veux me dire quelque chose Baptiste ? Vous avez reçu votre feuille d'impôts, c'est ça ?

– Non.

– C'est quoi alors ?

– Pourquoi on n'est pas remontés à la colonie ?

– Quand ?

– Ce soir-là, plutôt que d'aller faire un tour sur le port. Pourquoi nous ne sommes pas allés à la colo demander des explications, essayer de comprendre ?

– Il n'y avait pas d'explications à recevoir. Les gendarmes nous avaient tout expliqué. C'est Aude qui demande ça ?

– Mais au moins rencontrer les gens, parler avec les moniteurs...

– Nous avions bien assez honte comme ça, Baptiste.

– T'as honte de Steven ?

– Non, oh et puis ne m'embrouille pas ! Tu lui as téléphoné dernièrement à ton frère ? Hein ? Tu ne l'as pas appelé. Ça l'aiderait plus, crois-moi, que tu lui passes un coup de fil de temps en temps, plutôt que de remuer toujours les mêmes trucs. Il a besoin de toi, qu'est-ce que tu t'imagines ? Il ne s'en sortira pas sans nous. Ce n'est pas parce qu'il va mieux qu'il faut tout laisser tomber. Toi tu laisses toujours tout tomber. Il lit beaucoup en ce moment, il n'arrête pas. Tu pourrais le conseiller. Rien que ça, lui envoyer des livres. Ça te coûterait ? Je te demande si ça te coûterait, Baptiste ?... Ne joue pas au muet avec moi, je ne marche pas. Baptiste ? Baptiste, réponds-moi !

– Je crois que je vais quitter Aude.

– Elle le sait ?

– Non.

– Tu t'écoutes trop.

– C'est pas ça, je ne l'aime plus. J'ai bien le droit de ne plus l'aimer, non. Ça va faire huit ans, c'est pas honteux. J'ai envie d'autre chose, tu peux comprendre. Non ? Évidemment, toi, tu ne comprends jamais rien. J'ai envie de liberté, d'espace. De décider de partir quand je veux et effectivement, de partir. Voir des gens, tout ça… C'est même pas pour baiser ailleurs si tu tiens à le savoir.

– Je ne tiens pas à le savoir.

– Ta tête, j'imagine ta tête en ce moment. Je pourrais la dessiner. Tes yeux de mère trahie. Eh bien oui, je vais quitter Aude et nous n'aurons pas d'enfants. Voilà. Je ne vais pas lui faire un enfant uniquement pour te rendre heureuse, qu'est-ce que tu crois ? Je ne veux pas d'enfants avec Aude. Point. Et ça n'explique pas que je ne suis plus amoureux d'elle. Quand je l'étais encore, je ne voulais déjà pas d'enfants. Arrêtez de m'emmerder avec cette histoire d'enfants. Je serai un enfant sans enfants. C'est pas si grave. Steven n'a qu'à en faire, lui, des enfants.

– Je ne vois pas comment…

– Ça n'empêche pas. Il peut être pédé et faire des enfants. D'ailleurs, je suis sûr qu'il en fera, c'est bien son genre. Tu es contente, toi, d'avoir eu des enfants ? Réponds-moi franchement, maman, tu es contente ?

– Je n'ai que vous. Vous et votre père. C'est ce qui compte le plus pour moi.

– D'accord, on peut pas en parler alors.

– Pour l'instant, Baptiste, il n'y a que toi qui causes. Moi je ne t'ai rien demandé. Je m'en fiche de tes enfants. J'espère que tu es heureux, c'est tout. Or tu ne m'ôteras pas de l'idée que quitter Aude te rendra malheureux. Oui, malheureux. Tu ne peux pas te débrouiller sans elle, excuse-moi de te dire ça, mais tu ne peux pas.

– Qui est retourné à la colonie récupérer les affaires de Steven ?

– Je ne sais plus. Ton père, je crois. Aude ne se souvient pas ?

– Non.

– C'est ton père.

– Quand ?

– La semaine suivante ou peut-être encore après, quelle importance ! Écoute, Baptiste, on ne parlait pas de ça. Cesse de détourner la conversation, tu veux ? Tu vas habiter où si vous vous séparez ? Avec quel argent ? Ta paye ne suffira pas pour te financer un loyer dans le centre. Tu devras t'installer en banlieue, près de ton collège. Ce n'est pas toi qui disais que tu serais incapable d'habiter là ?... Alors tu as changé d'avis ? Moi je ne pense pas que tu aies changé d'avis, tu n'y as simplement pas réfléchi... Tu veux quitter Aude ? Quitte-la ! Mais réfléchis avant à ce que va devenir ta vie... Et ne me tire pas la langue.

– Quoi ?

– Je sais très bien que tu me tires la langue dès que je dis quelque chose qui te déplaît. Je te connais par cœur, Baptiste.

– Je peux aussi demander ma mutation, revenir en Bretagne.

– Tu pourrais ?

– Ou dans les Dom-Tom.

– Tu prends toujours tes cachets, Baptiste ?

– Lesquels ?

– Les antidépresseurs de Morino… Baptiste ? Il t'avait dit que c'était du long terme, que ça ne servait à rien de débuter si c'était pour arrêter quelques mois après. Il te l'avait pas dit ?… Tu as rencontré quelqu'un ? Pourquoi tu ne l'avoues pas, Baptiste, ce serait plus simple. Je la connais, c'est une amie d'Aude, c'est Anne ? Faut pas me prendre pour une idiote, Baptiste, je vois tout. L'été dernier, quand vous êtes venus, déjà… Hein ? C'était fait ?… Tu crois que je ne vois rien parce que je suis ta mère, mais tu te trompes complètement, je vois plus, une loupe. Toi et Anne dans le jardin autour du barbecue. Je m'en souviens très bien. Ta main qui s'est posée sur la sienne pour retourner les côtes avec la grande fourchette de papa. Vos deux mains là, ensemble. Ce n'était pas qu'amical… Mais tu t'imagines quoi à la fin ? Que je ne connais rien de la vie ? C'est ça ? Tu es pire que ton père, Baptiste. Je vous ai très bien vus ce jour-là, je n'ai rien dit. Que fallait-il dire ? Aude était avec moi dans la cuisine, elle coupait les avocats. Nous parlions de Steven, des progrès de Steven et toi dans le jardin en train de tripoter les mains de son amie. Je ne t'ai rien dit mais je n'ai pas été fière de toi. Ton père, oui… Ça l'a même fait rire quand je le lui ai raconté. L'orgueil des mâles… Vous me dégoûtez tous les deux. Parce qu'elle n'a pas ton âge, Aude, et des enfants, elle ne pourra bientôt plus en avoir. Tu y as pensé à ça ? Non, évidemment. On ne peut pas s'installer dans la vie de quelqu'un sans engagement, l'air de rien, en dilettante. Ce serait trop facile. C'est Aude qui t'a sauvé, Baptiste. Ce n'est pas ton père, ni moi. Pas Morino. Aude seule a été capable de ça. Sans elle, tu serais avec Steven… Tu serais pire que Steven. Et moi je serais morte. Alors, ne me parle pas d'espace et de liberté. Comment peux-tu oser ?… En plus tu me demandes si je suis contente de vous avoir. Contente. J'ai deux fils et aucun n'est capable de me faire rire. Oui, même rire, c'est une tâche impossible pour vous… Je ne devrais pas te dire ça, Baptiste, mais il y a trois semaines, ton père m'a demandé comment nous avions fait pour donner naissance à deux monstres. Il a dit monstres et il l'a dit comme je le fais aujourd'hui, avec la voix qui s'étrangle. Il pleure presque toutes les nuits. Ton père n'est pas mauvais mais il a peur de mourir en détestant ses fils. Il vous maudit de la vie que vous lui avez faite. Et je suis d'accord avec lui. Nous n'avions pas mérité ça. Tu peux bien quitter Aude, partir à l'étranger, ne jamais revenir nous voir, rien ne bougera. Pour moi tu seras toujours là, quand la nuit, ton père, persuadé que je dors, ose enfin pleurer sur son sort… Je m'excuse, mes mots ont dépassé… Baptiste ? Baptiste, réponds-moi !

Baptiste

Je sors de la cabine. Je remonte la rue de Rennes, vers la Seine. Je marche. Je suis un fils maudit. Et c'est une étendue de terre qui m'entoure, une campagne. Rien n'est plus mort que Paris, que cette rue sans arbres où les gens ne se poussent pas pour me laisser avancer. Je vais courir parce que mes jambes ont besoin de se répéter, d'être entraînées. Si je marche, je tombe. Ce n'est même pas un bon décor pour ma grandiloquence. Même pas une toile impressionnable. Rien que des commerces et des passants, des carrefours où il faut attendre le passage des voitures. Alors je cours en fermant les yeux. Pas longtemps, quelques mètres. Je n'ai pas le courage de me remettre au pire. Je cours et rien ne me heurte. Je suis entouré de choses mortes.

Je dois faire quelque chose.

Qu'est-ce qui va m'arriver ?

La chaleur dans l'appartement, la voix d'Aude, sa bonne humeur et sa peau ? Son sourire qui me soutient ? Que peut-il m'arriver ? Des amis qui s'invitent à manger ? Un film au ciné ? Une copie d'élève qui me fera rire ? Quoi ? Je ne vais pas bouger. Je ne bouge pas.

Steven

Le terrain de mon bivouac était à cinq kilomètres de la colonie, dans un village nommé Lantic. Tous les juniors sont partis le même jour mais dans trois lieux différents. Avec Jérémy nous avions choisi Lantic parce qu'il y avait un bois à côté et que le thème du bivouac c'était les cabanes, la cuisine trap et un grand jeu : douaniers-contrebandiers.

J'ai la nuit pour moi.

Ils dorment tous.

Je peux parler à voix haute.

Je peux parler.

Tout raconter.

Et si je m'applique, bien concentré, si je ne m'arrête pas pour me branler ou pour la Ventoline, je finirai alors par dire la vérité.

J'ai de la mémoire, le docteur l'a dit, il suffit juste que j'arrive à raconter.

Nous avons quitté le centre vers onze heures, nous étions les premiers prêts, les premiers à partir. On n'avait pas de sacs à dos, rien à porter. Les animateurs nous avaient demandé le matin de glisser dans nos duvets une paire de chaussettes, un slip, un K-way, un pull, un change, notre brosse à dents, un gant de toilette et un savon. C'est tout. Nous avons roulé nos duvets le plus serré possible, les avons ficelés avec de la corde. Les duvets furent entassés dans de grands sacs-poubelles. Bien serrés, il en tenait sept par sac. Sur les sacs, était écrit « Vacances propres ». Richard, qui faisait partie d'un autre bivouac, celui de Pordic, a dit qu'on était comme des juifs qu'on dépouillait avant de les envoyer dans les camps. La directrice lui a fait remarquer que ce n'était pas très intelligent comme blague. Et une fille, Karine de la tente 17, a expliqué à Richard que ses parents à elle étaient juifs, qu'il ferait donc mieux de la fermer. Richard lui a répondu que ses parents à lui étaient divorcés. La directrice a rigolé. Karine s'est mise à pleurer et les filles de la tente 17 ont demandé à changer de bivouac pour ne plus être dans celui de Richard. Ça n'a pas été possible.

La route qui menait au bivouac remontait une rivière à travers la vallée. Il n'y avait presque pas de voitures. Nous étions douze garçons et six filles. Avec Jérémy, nous marchions en tête, Guéna nous avait confié cette mission. Dès qu'un mec nous dépassait, Jérémy lui hurlait dessus et le mec revenait alors à sa place. Chacun de nous avait une carte photocopiée, nous étions tous censés la consulter pour trouver notre chemin. La photocopie était dans une pochette plastique fermée par un Scotch. En fait, personne ne la regardait, ils se laissaient guider par Jérémy et moi. Un moment, nous avons pris exprès une fausse piste, un sentier sur la droite qui avançait dans les fougères. Ils ont tous suivi et Emmanuelle et Guéna ont laissé faire. Il n'y avait pas que des fougères, aussi des orties. Jérémy et moi, nous nous en foutions, nous étions en jean. Au bout d'une centaine de mètres, le passage devenait impraticable et j'ai fini par dire : « Demi-tour : fausse route ! » Ils ont obéi sans protester. Jérémy m'a regardé méchamment. Une fille, dont je ne connaissais pas le nom, est venue me demander si nous étions perdus, je l'ai rassurée. Elle a fait « ouf ! » en posant la main sur son cœur. Je crois qu'elle avait vraiment eu peur. Je lui ai souri. Jérémy nous a poussés puis il a dit à la fille d'arrêter immédiatement de se toucher les seins parce que ça lui filait la trique.

Il faisait chaud, c'était bientôt midi, j'ai refusé de boire dans la gourde d'Antoine, l'eau y avait le goût du plastique.

Emmanuelle a voulu nous apprendre une chanson qui parlait d'un éléphant se baladant sur une toile d'araignée, une chanson pour gamins. Les filles répétaient quand même les paroles après elle, Emmanuelle était la monitrice de leur tente, elles voulaient lui faire plaisir. Finalement c'était plutôt drôle et assez entraînant comme air. Tout le monde s'est mis à chanter. De plus en plus fort. À la fin, c'étaient des hurlements. À côté de moi, Jérémy ne chantait pas les vraies paroles, il chantait *un très gros gland qui se baladait sur une touffe, touffe, touffe, touffe d'araignée, et il trouvait ce jeu tellement bandant qu'à la fin, il s'est bran-lé!...*

Nous longions le camping des Étangs lorsque Guéna s'est arrêté et a demandé à ce que nous nous rassemblions autour de lui. Il nous a annoncé qu'il avait quelque chose de très important à dire, il avait attendu qu'on soit presque arrivés pour nous en parler. Emmanuelle s'est placée au milieu des filles, elle les a prises dans ses bras. La voix de Guéna était calme, elle résonnait. J'entendais au loin des bruits de gens qui faisaient du pédalo. Encore plus loin, les voitures dans la vallée. Guéna a dit que le terrain du bivouac était à proximité d'un cimetière, mais qu'on ne voyait pas les tombes du terrain, les tentes étaient installées dans un champ prêté par un paysan, c'était un vrai bivouac, sauvage, pas du tout comme le camping des Étangs ; il n'y avait pas de sanitaires, on allait creuser des feuillées où on pourrait faire caca, l'eau, on irait la chercher au cimetière, uniquement ceux que ça ne gênerait pas de se rendre là-bas, personne ne serait forcé, mais dans ce cimetière, il fallait se tenir, c'était un lieu de recueillement, il ne s'agissait pas d'aller faire les idiots parmi les morts, nous étions bien assez grands pour comprendre, des tentes on ne voyait vraiment pas le cimetière, aucune raison d'avoir peur, d'ailleurs pourquoi avoir peur d'un cimetière, c'était un endroit comme un autre et au bout du champ, il y avait le bois où nous construirions nos cabanes, où allait aussi se dérouler la partie de douaniers-contrebandiers et où nous ramasserions des branches mortes pour le feu du soir. Guéna a voulu savoir si on avait des questions. Personne ne lui a répondu. Nous avons repris notre chemin. J'avais très faim.

Nous nous sommes regroupés au stop, Guéna et Emmanuelle se sont avancés sur la route, une nationale. Ils se sont mis de chaque côté de la voie pour bloquer les voitures, ils nous ont crié de traverser sans courir.

Nous avons traversé le village. C'était désert. Nous marchions en silence, Emmanuelle nous avait suppliés de ne pas nous faire remarquer. Nous avons croisé une pancarte où était inscrit « Binic 8 km ». Les moniteurs avaient menti.

L'église était au milieu du cimetière, elle ressemblait plus à une chapelle qu'à une vraie église. Quand nous sommes passés devant les tombes, Dimitri a dit : « Salut les morts ! » Guéna a menacé de le ramener à la colo.

Nous avons gravi un sentier de terre poussiéreux, sur la gauche, il y avait un petit bassin en pierre de granit rempli d'une eau verdâtre. J'ai regardé si on voyait des grenouilles. Je n'en ai pas vu.

Le champ était entouré d'un fil électrique, Guéna a mis la main dessus pour montrer qu'il n'y avait aucun risque de prendre une châtaigne. Certaines filles ont dit que, de toute façon, elles n'y toucheraient pas. Julien a balancé une de ces filles-là contre le fil et il a hurlé : « Chaise électrique ! » La fille s'est relevée et elle avait dans les cheveux plein de graines, je ne sais pas comment ça s'appelle, c'est comme des tiques mais en plantes, ça colle partout, je lui ai dit qu'elle avait des poux.

Les tentes étaient déjà montées, trois patrouilles, où on pouvait être à six, deux canadiennes et la tente popote, aussi grande qu'un marabout. Devant étaient amassés les « sacs propres » avec nos duvets et deux boîtes rectangulaires en fer, les norvégiennes, où il y avait le repas du midi. La sous-directrice avait déposé tout ça avant notre arrivée. Je me suis dit que ça ne ressemblait pas beaucoup à du camping sauvage.

Je parle à voix haute.

Je lance les phrases contre le mur qui est face à la fenêtre, derrière le lit, comme dans les ateliers de théâtre, lors des exercices qui apprennent à parler fort, à être entendu par tout le public, y compris par ceux qui sont assis au fond de la salle.

Sauf que là je modère, il ne s'agit pas de réveiller les autres.

Je place ma voix à la bonne distance.

Et je vise toujours au même endroit, entre le néon et la photo de Jérémy.

Guéna et Emmanuelle ont décidé qu'on allait manger avant de s'installer. Ils nous ont fait asseoir en cercle, comme une ronde.

Jérémy ne s'est pas assis à côté de moi. J'étais entouré de deux filles. Elles se sont proposées pour distribuer les assiettes et les couverts. J'étais seul, loin des autres. Je me suis allongé dans l'herbe sèche. Le ciel était jaune. J'ai fixé le soleil pendant quelques secondes. J'ai refermé brusquement les yeux. Des diamants bleutés clignotèrent dans mes paupières. J'étais assommé par la chaleur, incapable de me remuer, et de parler. J'ai rouvert les yeux sur les autres qui avaient commencé à manger. Devant moi, avait été déposée une assiette remplie de carottes râpées. Une coccinelle se promenait parmi les lamelles orange. Je l'ai observée un moment en tentant de calculer son âge mais c'était impossible, elle était trop bien camouflée. Guéna est venu s'asseoir à côté de moi, il m'a demandé pourquoi je ne mangeais pas. J'ai désigné la coccinelle d'un coup de tête. Il a éclaté de rire, m'a traité de gars des villes, de chochotte puis, avec ses doigts, il s'est saisi de la bête et l'a jetée dans l'herbe. Je me suis forcé à manger les carottes qui avaient pris le goût des doigts de Guéna et de la coccinelle.

Tout était calme. Guéna et Emmanuelle s'échangeaient des regards étonnés et satisfaits. Ils étaient fiers de nous, nous ont-ils dit. J'étais heureux d'être là. Sincèrement heureux. Pour la première fois depuis mon arrivée à la colonie, il semblait que les choses autour de moi ne me menaçaient pas, n'exigeaient pas de vigilance particulière. Il n'y avait rien à prévoir. J'ai pensé tu as bien fait de choisir Lantic, c'est le bivouac le mieux. J'ai pensé, il faut que je prévienne Jérémy pour qu'on obtienne la canadienne, c'est la seule tente où nous ne serons qu'à deux. Emmêlés dans nos duvets, on va faire nuit blanche. La canadienne. Notre cabane, notre lieu secret. On baissera la fermeture Éclair. Dans le noir avec la lampe de poche. Je montrerai à Jérémy le tatouage que Baptiste a écrit sur ma peau, là-haut, sur mon épaule, à l'endroit qu'on ne peut jamais laver. Jérémy voudra avoir le même sur sa peau, il me laissera l'écrire. Je prendrai mon temps. Demain matin, nous nous lèverons les derniers, les autres viendront nous voir dormir, moi je serai réveillé mais je garderai les yeux fermés et j'entendrai les filles dire que nous sommes trop mignons. Si elles savaient que nous avons passé la nuit à nous renifler les pieds, à chercher des odeurs bien distinctes sur chacun de nos corps. Les cheveux, dans le nez, dans la bouche. Sous les bras et sur le ventre, là où j'ai mon bouton qui pue. Tu l'auras senti, Jérémy. Et tu auras exigé de renifler entre mes fesses, parce que, auras-tu dit, tu refuses de dormir à côté d'un porc. Je me serai placé à quatre pattes dans la canadienne et c'est toi qui, derrière moi, auras déboutonné mon pantalon et baissé mon slip. Ton nez glissera sur mon dos et entre mes cuisses. Tu me renifleras comme un chien, et soudain, à deux mains, tu écarteras mes fesses pour fourrer ta tête à l'intérieur. Tu grogneras que c'est propre, ça a l'air propre, goûtons voir. Ta langue humide butera contre mon trou. C'est bon, c'est très bon. Je me tairai. Ça finira. J'oserai peut-être te demander si toi aussi, tu es propre, peut-être que tu baisseras immédiatement ton slip, sortiras ta bite, l'agiteras devant mon nez. Puis tu plaqueras ma figure dessus et je t'obéirai, la bouche ouverte. Mais si tu me freines, si tu refuses que nous restions éveillés toute la nuit, si tu ne m'écoutes pas quand je te parlerai de Baptiste, des étés passés sous la canadienne avec Baptiste. Les vacances en Italie, les vacances à l'île de Ré. Tous ces secrets que je suis prêt à te dire, si tu ne t'y intéresses pas, pas une question. Et que tu ne me racontes pas tes souvenirs, parce que, diras-tu, c'est intime. Si tu ne comprends pas justement que c'est ça que je veux, l'intimité, eh bien tant pis. J'attendrai. Parce que moi je sais que c'est toi que je veux.

Je suis nu face au mur.
Je me branle un peu mais je me retiens de jouir.
J'ai promis de ne pas jouir.
Je dois raconter.
Si je jouis trop, je tomberai de fatigue.
Je pourrai raconter, demain.
Non.
Ce soir, ce soir.

Je croise les mains derrière mon dos.
– Stop !

Jérémy me tient par les cheveux, de toute façon je me suis laissé prendre. Il me tire et me guide.

– Je vais vous fouiller dans ma planque, dit-il.

Il me jette derrière un talus, j'ai gardé les mains serrées dans le dos comme si j'étais menotté. Jérémy est douanier. Je suis contrebandier. Il ne m'a pas choisi dans son équipe. J'ai déjà réussi à passer deux marchandises d'une frontière à l'autre sans me faire avoir. J'ai découvert un chemin que personne ne connaît. En traversant la rivière, à droite de la propriété entourée de barbelés. Jérémy m'a coursé alors que j'arrivais dans mon camp. Normalement il n'avait pas le droit d'être là.

– Vous l'avez caché où ?

Jérémy m'interroge, il parle sérieusement, avec une voix grave et mesurée.

Je fais celui qui ne comprend pas. Je fais l'étranger.

– Tournez-vous.

Il me plaque contre la roche, les bras en croix, jambes écartées. Il fouille dans mes cheveux, derrière les oreilles, dedans.

– Enlevez vos chaussures, les chaussettes aussi.

Je m'accroupis pour défaire mes lacets. Jérémy me pousse avec son pied. Il me jette par terre. Son pied appuie sur mon thorax.

– Ah vous voyez bien que vous comprenez ce que je dis ! Alors il est caché où ?

Je n'arrive pas à répondre parce que j'ai le souffle coupé. Parce que j'ai envie de pleurer. Jérémy fouille dans mes chaussures, il a retiré les semelles. Il tient mes chaussettes du bout des doigts comme si elles le répugnaient. Il ne trouve rien. Il dit que je vais devoir me déshabiller, qu'il a tout son temps. Je ne bouge pas. Il s'approche de moi, enfonce les mains dans les poches de mon jean, à l'avant puis à l'arrière. Il sort un mouchoir sale et une gomme. Qu'est-ce que je fais avec une gomme dans mes poches ? Il retire mon tee-shirt. La peau de mon ventre est griffée par les ronces.

– Enlevez votre pantalon.

C'est une mise à l'air. Jérémy n'a pas le droit. S'il se fait prendre ou dénoncer, Guéna le renverra au centre. C'est beaucoup trop risqué de se déshabiller ici, sa planque n'a rien d'exceptionnel. Nous allons nous faire surprendre et il sera puni. Je n'entends rien sinon des oiseaux.

Je ramasse mes vêtements et m'empare du bras de Jérémy. Nous remontons le talus. Il faut traverser la forêt sans être vus. Se camoufler derrière les fougères. Progresser lentement de tronc en tronc. Gravir le remblai pour parvenir au sous-bois. Je marche pieds nus. Nous nous faufilons derrière la haie d'ajoncs. Je n'entends personne. Il n'y a personne. Maintenant courir jusqu'au pré. L'herbe sèche me fait plus mal aux pieds que la terre. Nous passons sous le fil électrique. Les tentes sont plantées le long du champ de maïs, en enfilade. Je pousse Jérémy dans notre patrouille. Après le repas, il n'a pas décidé que nous aurions la canadienne. J'abaisse les fermetures Éclair à chaque extrémité. Je jette mes affaires sur mon duvet. Je n'ai pas repris mon souffle quand j'enlève mon pantalon. Sans que Jérémy n'ait rien ordonné, j'enlève aussi mon slip.

Je suis nu devant lui, je peux tenir debout dans la tente si je garde la tête baissée.

Il m'examine en silence. Ici nous sommes tranquilles.

– Retournez-vous.

Il continue à commander. J'obéis.

– Écartez bien les jambes et baissez-vous. Mieux que ça, vos mains doivent toucher vos pieds.

Je n'y arrive pas. Je manque de souplesse.

– Toussez…

Je ne comprends rien.

– Toussez.

J'inspire de l'air et je tousse. Jérémy a enfoncé un de ses doigts dans mon trou. Je sens son ongle qui me blesse. J'ai beau tousser, rien ne sort. J'ai mal au dos. Il fouille à l'intérieur de moi comme on creuse de la terre et je prie pour qu'il y prenne du plaisir.

– Putain il est où ton papier, Steven ?

L'air dégagé, je dois avoir l'air dégagé.

– T'as perdu alors ? On est d'accord que t'as perdu ?

– Oui.

Jérémy admet.

Sans me relever, j'attrape mon tee-shirt. Je fronce la couture de la manche et fais sortir le billet plié en cent. Je le donne à Jérémy qui le déplie et le lit à voix haute : « L'Arche perdue. »

Il s'allonge sur un duvet. Celui de Dimitri, je crois.

– On se branle ?

Il n'attend pas ma réponse. Il sort sa bite et commence à la frotter. Je n'ose pas la regarder, je le fixe dans les yeux. Je me caresse un peu mais je sais que je n'arriverai pas à bander. Quand il éjacule, Jérémy fait une drôle de grimace en se mordant la joue.

J'ouvre la fenêtre et c'est comme déclencher un ventilateur, de l'air chaud souffle dans la chambre.

Je remets mon pantalon de pyjama et je reviens prendre ma place face au lit.

Je suis calme.

Détendu.

La pièce n'est éclairée que par les images qui passent à la télé.

Le son est coupé.

J'ai commencé à paniquer lorsque nous sommes redescendus dans le bois. Quelle excuse allions-nous donner pour justifier notre absence ? Jérémy a affirmé que nous n'avions rien à craindre. J'étais le chouchou de Guéna selon lui.

Nous n'avons pas retrouvé les autres, la forêt était vide. Nos appels n'obtenaient aucune réponse. Seul le soleil tout en haut des branches était resté à sa place. Guéna et Emmanuelle avaient disparu. Combien de temps étions-nous restés enfermés dans la tente ?

Jérémy voulait aller au ruisseau, il avait soif. Je lui ai parlé de la salmonellose mais il n'a rien voulu entendre. Je n'ai pas pu m'empêcher de lui dire ce que je ressentais.

– J'ai peur. Un petit peu.

– Qu'on ne retrouve pas les autres ?

– Non, c'est pas ça.

– À cause de la canadienne ? T'aurais préféré qu'on soit dans la canadienne ? Dans la canadienne ou la patrouille, ça ne change rien tu sais, Steven, on fait ce qu'on veut.

– Je sais.

– T'as peur parce que je veux boire de l'eau ?

J'entends encore le son de la voix de Jérémy.

Comment puis-je me souvenir de ça et avoir oublié les expressions de son visage ?

Il n'a pas bu, il s'est juste rincé les mains et lavé la bite dans le ruisseau.

On est restés un moment accroupis sur le bord. Jérémy jetait des pierres. Je les regardais couler au fond.

– C'est comme dans les westerns, a dit Jérémy, les cow-boys qui discutent près de la rivière. Ils s'emmerdent alors ils parlent d'eux, d'où ils viennent, qui les attend, tout ça… Ils discutent aussi de leur avenir, de ce qu'ils feront une fois le film fini, et, en tant que spectateur, tu sais très bien qu'avant que le film finisse, il y en aura un des deux qui sera mort. C'est toujours la même chose dans les westerns.

J'ai cherché un titre de western que j'avais déjà vu, histoire qu'on en parle mais je n'ai pas trouvé. Je me demande même si j'ai déjà vu un western.

– Et nous alors, c'est quoi notre avenir ?

– Retrouver les autres. Rentrer au camp. Préparer la bouffe. La veillée. Et cette nuit, je te saute.

Nous avons éclaté de rire.

Je bandais.

– Allez ! On est partis.

Nous avons marché longtemps, sans rien craindre, juste dans le bonheur d'être seuls ensemble. Nous ne nous sommes cependant pas vraiment éloignés, nous tournions plutôt en rond. L'allée de fougères, le petit bois de pins, le ruisseau, la propriété, l'allée de fougères… Les autres demeuraient introuvables. J'ai proposé à Jérémy de descendre vers la route, là où se dressent les deux grands rochers. Il ne voulait pas, il disait que c'était plein de vipères.

– Ne bouge pas. Tu m'attends. Je vais juste voir.

Jérémy m'a écouté, docile.

À chaque pas, j'ai frappé avec mes pieds sur le sol. Les vibrations font fuir les vipères. De toute façon, j'avais vu un aspi-venin dans la trousse à pharmacie.

J'ai entendu l'église sonner cinq coups, elle était donc habitée. Entre les blocs de granit, il y avait un passage étroit où j'ai pu marcher en me mettant de profil. C'était un chemin de mousse spongieux, un couloir de pierre recouvert de bave verte. J'ai songé à y graver des mots d'amour mais je ne l'ai pas fait. La route était beaucoup plus en contrebas que je ne l'imaginais. J'ai hésité à revenir sur mes pas, l'orgueil m'a guidé.

Je ne voulais pas que Jérémy me saute comme un pédé, mais qu'il m'embrasse sur la bouche comme la première fois qu'on s'était vus. Qu'il se branle devant moi, je voulais bien, même lui toucher la bite, la sucer. Qu'on foute de la jute partout dans la tente. Les autres nous admireront parce que, même s'ils ont l'âge de bander, je suis certain qu'ils n'ont pas encore de sperme. On va leur faire manger notre jute et Jérémy m'écartera les fesses pour qu'ils viennent goûter mon trou.

J'ai pissé dans des broussailles et c'est là que je les ai vus.

À cent mètres de moi, dans une espèce de clairière dont les arbres tout autour étaient si grands qu'ils cachaient complètement la lumière. Ils ne bougeaient pas. Silencieux. Moi non plus, je ne bougeais pas, j'avais peur qu'ils se retournent tous et qu'ils me surprennent en train de pisser.

Je me suis reculotté.

Guéna m'a vu approcher, il m'a souri.

J'ai d'abord aperçu le grillage, une énorme cage de grillage, haute de deux mètres, comme une serre. Une cage vide, posée directement sur les feuilles mortes et les brindilles. Je me souviens m'être fait cette remarque, que le sol était jonché de feuilles mortes, comme en hiver. Et aussi qu'ainsi accroupis, immobiles, tendus, ils ressemblaient à une armée prête à se lancer dans une bataille, une boucherie horrible qui laisserait très peu de survivants.

– C'est une buse, m'a dit Guéna, tu la vois ?

Je n'ai pas saisi tout de suite, je croyais qu'il appelait cette cage gigantesque, une buse. Je ne comprenais pas l'intérêt de rester assis et muet à regarder ça. Puis j'ai aperçu l'oiseau, blotti dans un coin, les pattes agrippées à la grille.

– C'est un faucon ?

– Une buse, a murmuré Guéna et Dimitri a trouvé intelligent d'ajouter « triple buse ».

Moi : Connard !

Dimitri : J'emmerde ta race, bâtard !

Guéna : Non mais ça va pas !

Moi : Il a qu'à pas me traiter.

Dimitri : Je te traite de ce que t'es.

Delphine : Mais taisez-vous, vous allez la réveiller.

Emmanuelle : Dimitri, excuse-toi.

Guéna : T'as entendu ?

Julien : De toute façon on va te fracasser la gueule.

Moi : Tu fais toujours chier tout le monde.

Guéna : Ça suffit.

Delphine : Elle a bougé, c'est malin, elle a bougé.

Antoine : Si elle se réveille, elle meurt ?

Guéna : Je ne veux plus vous entendre, c'est clair ?

Une fille : On pourrait lui donner à manger.

Franck : Des vers ou des rats.

La fille : T'es dégueulasse.

Gaël : Qu'est-ce que tu crois que ça bouffe, les rapaces !

Géraldine : Hein ça mange des graines, Emmanuelle ?

Emmanuelle : Faut pas me demander ça à moi, j'en sais rien.

Guéna : Les garçons ont raison, elle se nourrit d'animaux plus petits qu'elle.

Pascal : Des gentils lapinous.

Antoine : Ce qu'il y a à côté des pierres en ardoise, c'est un cadavre de quoi ?

Une autre fille : Y a un cadavre !

Emmanuelle : Moins fort, Géraldine !

Corentin : J'arrive pas à voir.

David : Ça a la tête coupée.

Corentin : Elle a bouffé la tête.

Dimitri : C'est le braconnier qu'a mis le rat.

Guéna : T'as raison, Dimitri, c'est un appât.

Antoine : Si on la délivre pas, il va en faire quoi le chasseur ?

La fille au cœur : Ça se mange une buse ?

Guéna : Ne vous mettez pas en tête qu'on va la délivrer.

Delphine : On va la laisser.

Julien : Moi, je bouge pas.

Géraldine : Faut la laisser.

Dimitri : N'importe quoi !

Franck : Pauvre salope !

Géraldine : Guéna a dit qu'on va la laisser.

Gaël : Moi, j'ouvre.

Guéna : Toi, tu ne touches à rien du tout et toi Franck, sache qu'entre nous, ça va mal finir.

Deux filles : C'est horrible.

Les deux filles : Pareil… dis Crac.

Une des deux filles : Crac.

L'autre fille : Cric.

Les deux filles : Cric, crac.

Une des deux filles : Merde.

Moi : Qui l'a mise là ?

Emmanuelle : Elle s'est fait piéger. C'est un braconnage.

Corentin : Illégal.

Pascal : Le salaud, on lui saccage tout.

Guéna : Ça servirait à rien.

Delphine : Parlez moins fort, vous allez la réveiller.

La fille au cœur : Emmanuelle ? Il y a des fourmis.

Gaël : Bouffe-les.

Guéna : Une fois à Binic, je vous promets qu'on préviendra.

Antoine : Qui ?

Gaël : Les flics ?

Une fille : Pourquoi pas ici ?

Corentin : Y a rien ici.

Antoine : Je crois qu'elle est blessée.

Emmanuelle : Mais non.

Antoine : Elle s'est accrochée qu'avec une seule patte, l'autre elle pend.

Corentin : Où ?
Guéna : T'es sûr ?
Antoine : Viens voir.
Guéna : Non ! Ne vous approchez pas.
Corentin : Elle a la patte à moitié arrachée.
Pascal : Putain, ouais…
Moi : Elle est rentrée par où ?
Julien : Là, la cheminée.
Moi : Pourquoi elle ressort pas ?
Emmanuelle : Tu vois, c'est comme un cône, ça fait sas.
Julien : Elle est bloquée.
Antoine : Faut bander sa patte.
Guéna : Comment veux-tu qu'on fasse ça ?
Emmanuelle : On vous a dit de ne pas vous approcher. Steven !
Guéna : Moins près.
Moi : Elle va mourir.
Pascal : De toute façon, elle crève, là.
Emmanuelle : Franck et David, vous vous éloignez pas !
Delphine : Elle souffre.
Guéna : C'est une bête.

L'air manque dans mes poumons.
Je ne respire plus.

Quoi autant la tuer si on ne peut rien faire… Salope… Pascal… Elle a raison… C'est vicieux de laisser souffrir… Si on la tue le braconnier il aura fait tout ça pour rien… On l'achève… Ça va pas, non… Franck et David, qu'est-ce que je vous ai dit… Maintenant vous reculez… On peut ouvrir la cage et l'emmener chez un vétérinaire… Elle ne tiendra pas le transport… On attend quoi… Qu'elle meure sous nos yeux… On va y aller… Non… Vous reculez… Il faut l'achever… Avec quoi… Il n'en est pas question… Qui a fait ça… Qui a lancé cette pierre… C'est moi mais j'ai pas honte… Il a raison… Lâchez immédiatement ces pierres… Non mais ça va pas… Arrêtez tout de suite… Attention… Elle vole… Elle est paniquée… C'est malin… Je vous préviens, ça va très mal se passer… Elle cogne partout… Faut la finir… Le prochain qui balance une pierre sera renvoyé de la colo… C'est quoi qu'on entend… Son bec, il gratte le grillage… À trois… Je vous jure que je parle sérieusement… Guéna on peut pas la laisser souffrir… Ce ne sont pas nos oignons… Ça va, Steven… T'as pas pitié… Steven… T'as dit que c'était qu'une bête… Steven tu te sens pas bien… J'ai pas dit ça dans ce sens-là… Steven… De toute façon, elle est foutue… Guéna… Guéna… Quoi… Viens… Quoi… Vite… Steven… Steven calme toi… Il fait de l'asthme… Quoi… Il a une crise d'asthme… La trousse à pharmacie… Je l'ai laissée au camp… Qu'est-ce qu'il a… Calme-toi… J'y vais, je l'emmène… Steven… Respire doucement… Ça va aller… On va chercher la Ventoline… Tu me rejoins avec les autres… Je sais plus par où passer… Prenez la route… Ça va aller… Faut se dépêcher… Hé, il s'étouffe… Steven… Calme-toi… Je rentre au camp les mecs, je veux pas de problèmes avec Emmanuelle… Mais on fait quoi pour la buse… Et pour Steven tu veux qu'on fasse quoi, idiot… J'y vais, mets-le sur mon dos… Ça va… C'est bon Steven, t'es prêt, ça va secouer… Calme, des grandes inspirations… Steven… Steven est-ce que tu m'entends ?

Brins. Arbres. Cimes. Ciel hachuré. Branches. Coin de bleu rescapé des toiles de bois. Cathédrale. Fourches. Feuillages. Des couches de feuillage. Un châtaignier. Et le ciel tout entier. Guéna court sur la route. Ses pas ont les échos du goudron. Le clocher. Pas de coq. Le cou de Guéna embué. Une flèche. Percée vers le sud. Je respire. La maison de Dieu vue des épaules de mon mono. Je respire.

– C'est bien. Continue, Steven. De grandes inspirations.

Guéna raconte n'importe quoi, des très courtes inspirations, il faut faire, le chien comme les femmes qui accouchent, et bloquer l'air dans les poumons. C'est le plus dur, l'air ne tient pas, il vole partout, il imbibe. Je ne sais pas si ce sont les soubresauts de la course ou autre chose mais ma respiration ralentit. Elle me demande moins d'efforts.

Quand nous arrivons près des tentes, la crise n'est plus qu'un petit moteur qui vrille dans mes poumons.

Guéna me fait asseoir devant leur canadienne. Il ressort bientôt avec un tube de Ventoline, il me le tend, il ignore comment s'en servir. Il est plus essoufflé que moi. Je prends quatre bouffées mais je n'avale pas vraiment, la crise est passée. Dans une heure, je n'entendrai plus le bourdonnement.

Guéna me fixe comme si je revenais du pays des morts. Il se sent obligé de parler, il dit que c'est sûrement à cause des plumes. Moi je sais que c'est à cause de la peur mais je ne dis rien. Il me demande si je veux l'aider à préparer le goûter. Je le suis dans la tente popote.

Sur les tranches de pain qu'il a coupées, je tartine une couche de confiture puis je dispose les tranches sur l'herbe, en arc de cercle. Dix-huit fois. Guéna me propose une tartine en rab, je n'ai pas faim. Je n'ai pas très envie de parler, je me sens assez étourdi. Je crois que ça le gêne, il aimerait que je lui dise combien je suis heureux d'être en colonie, heureux d'être dans sa tente, il réclame un merci pour m'avoir sauvé la vie. Il aimerait que je l'admire un peu plus. Je ne réussis pas à parler. Pourtant je me concentre, je cherche. Je sais que si je me tais, je ne serai plus son préféré.

– Ça va mieux, Steven ?

C'est Julien qui me le demande, il est arrivé le premier. Les autres débarquent au bout du champ. Julien prend une tartine sans demander la permission. Quand ils le voient manger, les autres se précipitent. Guéna me charge du service. Ils finissent tous par se ranger et attendre leur tour. Personne ne parle de la buse.

Je tends sa tartine à Gaël, et il crache devant moi. C'est un papier du jeu, il avait oublié qu'il l'avait caché dans sa bouche.

Il reste deux tranches et tout le monde est servi. Il y en a une qui est à moi. Guéna s'inquiète.

– Il manque quelqu'un.

– Jérémy. Il n'est pas là.

– Je sais où il est. Je peux aller le chercher ?

– Il est où ? C'est loin.

– Non, non. Je peux y aller ?

Ils me laissent partir. Je marche tranquillement et dès qu'ils ne me voient plus, je me mets à courir. Jérémy ! Jérémy !

Je cours parce que je ne sais faire que ça, te courir après. Me jeter dans tes bras pour t'écouter me dire : un arbre meurt lentement.

« Tu as déjà remarqué que les arbres marchent ? Les arbres marchent. Tu as remarqué la quantité de lierre ? Alors tu m'as abandonné ? Tu m'as oublié. C'est bien ça ? tu m'as oublié. Moi, ne te voyant pas revenir, j'ai pensé que peut-être tu avais été piqué par une vipère. Mordu. Ça mord les vipères. J'ai pensé que tu agonisais derrière les rochers, que la forêt te regardait, que la mort te prenait et c'était pour ça que les feuilles des arbres, le lierre tremblaient soudain au même instant, un frisson, mais non, tu ne mourais pas, tu m'oubliais. C'est étrange ce cirque qu'on s'invente pour ne pas admettre que la violence qu'on nous fait n'est pas une douleur chez les autres, non, tu ne trouves pas ? Cette espèce de pardon, d'indulgence obstinée, alors que, la vérité, c'est qu'on ne nous aime pas. »

Tu ne m'as pas dit ça, Jérémy, tu ne m'as rien dit. Ma main est passée dans ton dos et tu as trébuché comme si je t'avais poussé, bousculé. Un petit sourire et nous sommes revenus au camp sans un mot.

Tu m'as attendu presque une heure sans bouger. Tu as attendu que je réapparaisse et une fois là, tu m'as suivi. Pas un reproche. Pas une insulte. Une jalousie. Une brutalité. Rien. Ton silence m'enchaîne pour des millions d'années. Pourquoi n'es-tu pas mort, Jérémy, au lieu de m'attendre ?

Étouffé par le lierre. Mordu par des vipères. Abattu par des chasseurs. Déchiqueté par les buses.

Pourquoi n'es-tu pas devenu un arbre cet après-midi-là ?

Une forêt. Un lieu où t'aimer.

Je cours puis je vois ton dos, ta tête un peu penchée en arrière. Tu regardes le ciel. À quoi tu penses ?

À quoi tu penses ?

Est-ce que tu sais déjà ce que tu vas faire dix heures plus tard ?

As-tu déjà choisi Antoine ?

As-tu imaginé un instant que ça pourrait être moi la victime de tes coups ?

Je cours et je passe ma main dans ton dos. Tu te retournes. J'ai oublié l'état de ton visage.

M'as-tu souri ?

Étais-tu en colère ?

Les sourcils froncés. Les traits fermés. Mon adoré a les cheveux roux, raides, en brosse, décoiffés. Il se lève le matin et il n'y touche pas.

Je ne me souviens de rien sauf de ton silence.

Nous sommes revenus au camp, quelqu'un avait mangé ta tartine.

Tu n'as pas voulu partager la mienne.

Bien sûr que je vais raconter, j'ai des mots neufs plein la bouche et une mémoire qui a l'odeur du plastique, du récent.

À voix haute, tu entends, Jérémy ? comme je parle à voix haute…

Il est deux heures du matin quand tu me réveilles. Tu me dis que je dois te suivre, sortir de la tente sans un bruit. Je ne prends que mes tennis et un pull. Toi tu es tout habillé. Tout beau.

L'herbe est trempée et froide. Autour de nous les choses ont des contours imprécis, des blocs noirs, masses qui semblent flotter au-dessus du sol. Tu marches à plusieurs mètres devant moi. Nous nous éloignons des tentes, vers le trou à feu.

Nous avons creusé la fosse avec Guéna et Julien pendant que d'autres préparaient les brochettes. Guéna a délimité un rectangle d'un mètre de longueur et de deux largeurs de pelle. Nous l'avons découpé en six carrés égaux, puis nous avons arraché chacune des mottes. Nous avons reconstitué le puzzle un peu plus loin. Nous avons bordé la fosse de grosses pierres. Avant de quitter le bivouac, nous retirerons les cendres, les pierres et redisposerons les mottes. Il n'y aura plus une trace de notre passage.

Tu t'accroupis auprès du trou à feu. Il n'y a plus de braises ni de fumée. J'ai dans l'idée que tu vas me demander de t'indiquer le chemin pour aller voir la buse. Dans l'idée que tu veux la libérer, détruire la cage. Et ça m'excite d'avance cette course que nous allons devoir faire à travers les bois. Je m'accroupis à côté de toi. Le feu mort dégage encore de la chaleur. Un duvet traîne. Je me demande comment quelqu'un a réussi à s'endormir sans duvet. Il faisait froid dans la tente quand on s'est couchés.

Je crois que c'est le duvet d'Emmanuelle qui traîne. Dans quoi dort-elle ?

Tu ne me dis rien. Tu regardes le feu éteint comme s'il y avait encore des flammes. Qu'allons-nous faire ? Pourquoi m'as-tu réveillé ?

Tu veux dormir avec moi à la belle étoile ! C'est ça. Bien sûr que c'est ça, une nuit d'amour.

C'est toi qui as caché le duvet d'Emmanuelle pour en faire notre lit. Tu as tout prévu. Mon amour, mon amour... Tu sais Jérémy, je te ramènerai avec moi à la maison, je ne t'abandonnerai pas. Mes parents n'auront rien à dire. Je rentrerai avec toi et nous serons désormais cinq. Tu prendras ma chambre, je dormirai sur le canapé. Tu n'iras pas à l'école, c'est moi qui t'apprendrai. Ce sera comme une liberté surveillée. S'ils veulent, ils pourront appeler ça comme ça. Mes parents n'auront rien à dire. Que pourraient-ils dire ? Je rentrerai dans la maison derrière toi, je te pousserai sous la lumière. Tes mains qui tremblent, je les poserai sur mon cœur. Ainsi, les bras retenus, mes parents verront bien que tu es un ange. Du bout des doigts, tu écarteras ma chemise. Torse nu, ventre nu. En aveugle tu les caresseras. Ou plutôt des coups, des petits coups de poing qui résonneront, mon amour. Tu m'obligeras à te dire « je t'aime » devant mes parents qui m'écouteront. Tes yeux dans les leurs, tes mains pour moi. Je te donnerai ma chambre. Et j'attendrai l'âge que tu voudras pour venir y dormir avec toi. Maman s'inquiétera de ma patience, Baptiste comprendra. Tu grandiras dans mon lit et tu verras les mêmes nuits que moi. Tu seras effrayé par les mêmes bruits. Le noir de la chambre te terrorisera et cette terreur sera à moi. Elle aura mon odeur. Tu crieras mes cris et je me précipiterai vers toi pour toucher tes cheveux mouillés, te dire que je suis là, tout près, en bas, que tu peux te recoucher puisque je ne dors pas. Je remonterai les draps sur ton corps apaisé et je te veillerai. La tête contre tes bras, je passerai souvent mes doigts sous ton nez pour être bien sûr que tu respires. Les parents n'auront rien à dire. Ils seront fiers de moi et de notre amour qu'ils partageront. Sinon je les tue puis je te tue et je me tue. Sinon je me tue et je les tue tous. Je tue par amour.

– Est-ce que tu as déjà vu un homme mort ?

Jérémy prend l'apparence d'un cadavre. Bouche ouverte et yeux révulsés. Il éclate de rire avant que je réponde.

– Non, évidemment, tu n'as pas vu... Même pas une grand-mère ? une voisine ?... Mais qui tu es ?

Comme il me désigne du doigt, je parle. Je l'interroge.

– Tu veux qu'on aille voir la buse ?

– Après. D'abord il faut s'occuper de ça.

Le doigt de Jérémy change de direction, il pointe de l'autre côté de la fosse, vers le champ de maïs.

Je me mets d'abord à genoux, puis je me relève. Je suis grand entièrement. Mes yeux devinent une forme étalée dans l'herbe. Il fait trop noir. Je pense, c'est un autre duvet qui traîne. Dans la forme, il y a un morceau long et épais, un gros tuyau. Au bout, j'aperçois une main.

– Qui c'est ?

Ce n'est pas Jérémy que j'interroge mais celui qui est là, dans l'herbe. Aucune réponse. Je me retourne vers Jérémy qui n'a pas bougé.

– C'est qui ?

– Antoine.

– Antoine ?

Je murmure maintenant, j'ai peur qu'on nous entende. Pourtant les tentes sont à bonne distance. Pourquoi faut-il murmurer ?

– Antoine ? Tu te caches ?

Jérémy se lève enfin, il contourne la fosse et s'approche d'Antoine.

– Je crois qu'il est mort, dit-il, en rabattant de son pied ce bras qui le narguait.

Je le rejoins. Antoine est étendu sur le ventre mais les genoux repliés, une position de prière. Il porte les mêmes habits qu'à la veillée, un pantalon de velours et le sweat Nike de Corentin.

– Antoine ? Antoine, tu dors ?

– Il est mort je te dis, je l'ai tué.

– Qu'est-ce que tu racontes, t'es complètement con.

Jérémy se penche vers la pierre qui est près de la tête d'Antoine. Il la soulève, la relâche. La pierre frappe au niveau du cou, sans bruit. Jérémy s'en empare à nouveau. Il recommence.

– C'est sa gueule que j'ai fracassée.

Là, la pierre cogne contre le crâne avec un son qui résonne.

– À toi !

Il me commande. J'obéis.

Nous jetons la pierre à tour de rôle, dans l'espoir, dit Jérémy, de faire exploser la cervelle. Mais la pierre ne perfore que la peau et une veine sans doute, parce que du sang jaillit maintenant.

Nous abandonnons Antoine et retournons autour de la fosse. Nous restons longtemps sans rien nous dire. L'air est humide, c'est un brouillard transparent. Ça sent comme les soirs où mon père a tondu la pelouse du jardin. Je regarde les étoiles et je regrette qu'elles soient trop faibles ou trop lointaines pour éclairer la nuit. Pas de lune. Pas de bruit. Jérémy mâche un brin d'herbe, je l'imite.

Puis on se met à discuter du meilleur endroit pour cacher le corps d'Antoine. À chacune de mes propositions, Jérémy réfléchit, comme s'il étudiait. Il me prend au sérieux. Je ne dois pas le décevoir. Le bois ? Trop fréquenté. Le ruisseau ? Pas assez de courant. Le champ de maïs ? Ils finiront par moissonner. La propriété aux barbelés ? S'il y a des barbelés, c'est qu'elle est habitée. Nous nous décidons pour le cimetière. Jérémy y a repéré une grande benne à ordures lorsqu'il est allé à la corvée d'eau. Je ne pensais pas que le corps d'Antoine serait aussi lourd. Jérémy le porte pardessous les épaules, moi je tiens les pieds. Au bout de quelques mètres, nous lâchons prise.

Penchés au-dessus du corps, nous retrouvons notre souffle. Il faut repartir. Nous mettons au point une nouvelle technique. Chacun une jambe, nous tirons Antoine derrière nous. C'est beaucoup plus facile, comme remonter une luge au sommet d'une pente. Nous faisons un grand détour pour éviter les tentes. Là où nous sommes passés, l'herbe est différente. Une traînée sombre. Du sang. Je préviens Jérémy qui me dit de ne pas m'inquiéter, la rosée nettoiera tout.

Après le petit bassin, ce n'est plus de l'herbe mais un chemin de pierres. Le corps tressaute, tremble, il vibre. Sur le bitume, ça redevient calme. Mais là aussi, le sang trace une ligne noire.

La benne est à l'entrée du cimetière, près des robinets. Elle est pleine de bouteilles en plastique, de fleurs mortes ou artificielles. Nous en retirons une bonne quantité, elles nous serviront pour cacher le corps. Quand je plonge la main dans la benne, j'ai peur qu'une bête me morde. Jérémy dit qu'effectivement, elle doit être infestée de rats. Puis il rigole. Je ne vois pas ce qu'il y a de drôle à essayer de me faire peur.

Jérémy finit par monter dans la benne. Il faut que je soulève le corps d'Antoine jusqu'à lui afin qu'il le tire à l'intérieur. Je n'y arrive pas. Jérémy veut que je prenne sa place, je refuse. Je commence à paniquer. Je veux retourner me coucher dans la tente. J'ai envie de dormir. Jérémy me calme. Il dit que je ne dois pas parler trop fort. Il dit qu'on va y arriver. Il me demande de m'accroupir, un genou contre terre, puis de passer le bras d'Antoine par-dessus mon épaule. Je dois le tenir fermement avec ma main gauche et avec celle de droite, agripper Antoine au niveau des hanches. Voilà, comme ça. Maintenant tu te relèves tout doucement en gardant le dos rond. Tout doucement. Vas-y, pousse sur tes jambes. Relève-toi. Bien. C'est bien. T'es fort Steven. Approche-le de la benne. Appuie-toi contre la paroi. Attends ! Ne bouge pas. Ne bouge surtout pas. Je vais l'attraper par la capuche. Essaie de le soulever un peu. Allez. Vas-y. Fais un effort. C'est bon, je l'ai.

Jérémy tire. Le visage d'Antoine glisse sur mon visage, joue contre joue. Je m'essuie immédiatement. Ma main est couverte d'une bave opaque, granuleuse, pleine de terre.

Jérémy est déjà sorti. Il balance les fleurs dans la benne. Il ne me demande pas de l'aider. Quand il n'y a plus une trace, il dit « et hop ! » en refermant le couvercle.

Nous regagnons le camp.

Nous retournons près du trou à feu. Personne ne s'est levé. Nous parlons d'autre chose. Jérémy s'allonge dans l'herbe sur le dos. Il dit qu'il a chaud et c'est vrai, moi pareil, j'ai chaud.

Je ne pense pas à Antoine. Je ne pense pas à Antoine.

– Nous sommes des cow-boys dans une prairie ?

Jérémy ne me répond pas, il fixe la nuit, les mains croisées derrière la tête. Il a allumé une cigarette, il ne m'en propose pas. Ça me rend triste. Je me sens soudain prêt à pleurer. Prairie, je me raccroche à ce mot. Je le répète en silence. La prairie. Comme un pansement. Une anesthésie. Je le répète mais je finis par entendre le bruit des autres qui dorment. Les ronflements, frottements de duvets, toux. Même des mots. Je n'entends qu'eux. Des milliards de gens sont cachés dans ces tentes, tapis, aux aguets. Ils retiennent leur souffle avant de nous bondir dessus. Et je perçois leur souffle, je n'entends que ça.

– Viens.

Jérémy s'est levé. Il descend vers le bois.

Je cours derrière lui. Il me lance un regard amusé, comme si j'étais son petit frère, sa petite chose imprévisible.

Nous ramassons des branches mortes. Jérémy exige que je les casse en plusieurs morceaux pour en faire des fagots. Ensuite nous nous attaquons à l'écorce des arbres, parce que, dit-il, elle s'enflamme facilement. Mais, dans le noir, il nous est très difficile de distinguer les craquelures sur les troncs où nous pourrions glisser nos doigts pour les arracher. Nous ne récoltons pas grand-chose, juste des copeaux. Je propose de nous rendre vers le petit bois de sapins, les aiguilles aussi s'enflamment facilement. Jérémy refuse, il prétend qu'elles pètent en brûlant, ça risque de réveiller les autres. Je pense qu'il a surtout peur de traverser la forêt.

Nous remontons vers le champ, empilons les branches près du trou à feu.

J'ai une idée.

Je sors un paquet de Kleenex de ma poche de pyjama. Je suis très fort. Jérémy n'a pas besoin de me féliciter, je sais bien qu'il est fier.

Au-dessus du papier et des écorces, nous construisons un tipi miniature avec des brindilles. Les cendres où nos mains s'agitent sont encore chaudes.

Je m'assois. Jérémy va allumer le feu. C'est un spectacle.

– Viens.

Il repart vers l'entrée du champ. Il n'a rien allumé du tout. Il s'éloigne puis disparaît derrière les tentes et moi je n'ai plus de force pour le suivre. Je n'ai plus d'espoir. Je dois pourtant courir après lui.

– Où tu vas ?

– C'est nul la benne comme cachette.

– C'était ton idée.

– Oui ben c'est nul comme idée.

– Mais c'est pas possible, Jérémy, réfléchis. On va pas le retransporter, ça suffit.

– On le ramène dans le champ.

– Tu le ramènes, moi je ne bouge pas.

Après je ne te demande plus rien.

C'est faux, Jérémy. Tu mens. Tu me demanderas autre chose et autre chose. Ça ne finira jamais. Les actes de barbarie. C'est le mot qui était écrit sur le dossier à la gendarmerie.

– Tu m'aides, Steven ?

Et je t'ai aidé.

Déshabiller Antoine, à force de le traîner dans le champ, ses habits étaient trempés. Trop humides pour s'enflammer. Le ramener jusqu'au trou à feu, de travers, à moitié dans la fosse, tête en avant.

D'abord la tête, tu as une méthode, il est impossible de faire cramer le corps en une fois. D'abord la tête. Les cheveux. Je dois promener dedans la flamme du briquet. Ils s'embrasent. Un bouquet d'étincelles, ils crépitent. Ça prend bien mieux que les brindilles, bien mieux que les Kleenex. Je dois couper le bois, souffler sur les braises, veiller à ce que tu ne manques de rien. Le feu nous ensoleille. Nous ne sommes plus autour mais accroupis à l'intérieur, penchés vers notre travail. Tu disposes plusieurs bâtons dans la fosse, pour que seul le bout brûle ; et quand ce bout est bien rouge, tu t'en sers comme d'une épée, zèbres l'air, la ligne rouge dessine des trajets aux courbes douces, des rayons laser, je t'imite, dessine des cœurs. Tu ne me regardes pas. La tête brûle lentement, elle cuit, me dis-tu.

La peau s'est entièrement rétractée. Il n'y a plus que des morceaux de membranes gris et translucides autour du nez et sous la bouche. La langue pend, elle est énorme. Elle est couverte de bourrelets orangés qui crèvent en petits cratères d'où s'échappe un liquide épais, comme de la cire.

– Il faut que tu voies ça, regarde, Steven !

À chaque transformation, je dois contempler, commenter.

Tiens, tu as vu, son œil ne tient plus, on dirait qu'il est déboîté.

Il lui manque une oreille.

Quand le sang sort, il se transforme tout de suite en une espèce de graisse marronnasse, visqueuse qui frémit puis se fend, puis se carbonise.

Le visage d'Antoine change trop vite, je suis en retard. Il me semble qu'il est constamment rongé par une multitude d'insectes.

– C'est chiant, ça crame pas assez vite.

Tu t'ennuies, mon amour, et tu m'examines, tu as une idée.

Pendant que la tête brûle je suis à genoux entre les jambes d'Antoine. J'ai sa bite dans ma bouche. Je respire trop de fumée, ça m'étouffe, ça me pique. L'odeur n'est plus la même qu'au début, elle a enflé, une puanteur. Je me concentre pour ne pas vomir.

– Tète-le ! Tète-le bien.

Je remue les lèvres, rumine comme une vache. Sa bite n'a pas le goût de la mort. J'ai gardé mes mains jointes derrière mon dos. Penché en avant, je suis un esclave.

– C'est bon, hein, tète ! Tète ! Aspire-lui le gland. Tu sens son gland ?

Je remue pour dire non. Je ne sens rien. C'est comme sucer un fruit.

– Mords-le. Mords, je te dis. Je veux voir les marques, je vérifierai.

Je serre les dents et du sang gicle dans ma bouche, je crois que je pourrais lui couper la bite comme ça, avec mes dents. Jérémy serait fier de moi. Je serre de plus en fort et, ce qui me surprend le plus, c'est de ne pas entendre Antoine gémir, hurler de douleur. Soudain un jet chaud m'asperge les yeux. Je relève la tête. Jérémy vient de planter un bâton dans le ventre d'Antoine. Il l'enfonce maintenant plus profondément, le remue, le tourne. Il ne s'intéresse plus à moi, je me redresse.

J'essaie de finir d'arracher la bite d'Antoine, je

creuse dans la plaie avec mes ongles, mais c'est trop difficile. Jérémy me tend son canif. Je découpe la peau, tranche des ligaments, je me demande si ce sont des nerfs.

Lorsque j'ai terminé, je te tends sa bite comme un trophée. Tu l'enfiles sur ton index, ton ongle en dépasse. C'est une marionnette.

– Dis bonjour !

Il fait jour.

La lumière est partout.

Bleu, les toiles de tente. Vert, l'herbe du champ. Et ton visage Jérémy, des traces noires, peintures d'Indien.

Il n'y a plus de bois. Le feu va s'éteindre. Les autres se réveiller.

La nuit a déjà cessé et le crâne d'Antoine est encore rose.

– Dis bonjour, Steven ! Dis bonjour à madame la bite…

– Bonjour, madame.

Jérémy, la nuit est finie. D'autres couleurs s'installent. Tout se met en place. Mais tu ne vois pas les choses autour de nous ? Jérémy ?

La mère d'Antoine

Antoine chéri et mort, pourquoi te mentirais-je ? La maison ne sent rien. Je défile devant les portes de vos chambres en récitant vos prénoms : Nadine, Laurent, Antoine et Lucas. Je refais ma leçon. Et aspirateur et les carreaux. Dans ta chambre, je m'enferme après le dîner. Je lis une heure durant *Le Lion* de Kessel. Votre père adorait ça. À la page 248, il parle de champs de jonquilles. J'ignorais que de tels champs existaient en Afrique.

Antoine adoré et mort, ta sœur me traite de folle. Voilà, c'est établi : Je suis la folle. Celle qui refuse de couper les branches du mimosa, la folle qui met des bouquets sur chaque commode de chaque pièce. Ta sœur commence à me plaire. Elle me dit que je ressemble à une mère juive ; elle m'a promis de m'envoyer un livre : *Ma vie d'homme.* Je ne l'ai pas attendue pour le lire. Ta sœur oublie que j'ai été professeur de littérature. Philip Roth, ne lui déplaise, je connais.

Je suis folle parce que je veux aller au pardon de Sainte-Anne-la-Palud. Moi aussi, j'ai bien le droit d'oublier un peu qui j'ai été.

Antoine aimé et mort, la lune au-dessus de la route. Depuis quand n'avais-je pas marché, seule, la nuit ? L'air prend l'odeur des tournesols inertes. J'ai enlevé mes sandales. Je marche pieds nus.

Antoine adoré et mort, je ne pense plus que par couleurs. Toute la matinée, j'ai cherché le nom du champ jaune. Tu vois lequel je veux dire ? Le champ jaune derrière la station essence du rond-point. Je l'ai trouvé alors que j'écoutais *Le Jeu des mille francs.* À une question, j'ai répondu : colza. Toute une matinée pour ça. Je n'ai rien pu faire d'autre. Ma tête se sauve. Pourtant, je la stimule. J'ai encore appris hier soir trois pages d'*Enfance* de Sarraute, que j'ai récitées, au réveil, impeccable. J'ai peur Antoine. Auriez-vous pu oublier que je suis morte ?

Cher petit Antoine et mort, j'ai compté hier le nombre de choses que je savais faire. Vraiment. Vingt-huit. Toute une vie pour vingt-huit choses. Et encore, dedans j'ai compté le Kig ar Fars. L'après-midi, j'ai essayé de faire la sieste comme Laurent me l'a conseillé. Je n'ai réussi qu'à penser, pas à dormir. Et j'ai pensé que je devrais me tuer, mais que je ne savais pas le faire. Le soir, j'ai déterré le plant de genêts qui est près de la boîte à lettres. Je l'ai mis devant la porte de la véranda. Et je me suis couchée, sans me laver les mains.

Antoine chéri et mort, des signes plein le jardin. Ce matin, j'ai crié. Foutez-moi ça dehors ! Je suis fatiguée de tout déchiffrer. Heureusement, personne ne m'a entendue. Les voisins sont en vacances. Par exemple, les anémones. Les fleurs mortuaires que tu adorais. Je n'ai pas pu jeter tes dessins au-dessus de ton lit ; pourtant Dieu sait s'ils m'effraient. Tu dessinais bien. Et les anémones, crois-moi, c'est dur à dessiner.

Antoine chéri et mort, je voulais te parler de la chatte qui attend des petits, te demander si on peut les tuer avant même qu'ils naissent. Aussi, des jeux de mon enfance. Des promenades dans les bois, des digitales que nous faisions claquer entre nos doigts. De la peinture que tu veux pour ta chambre. Et de l'Amérique, parce que j'ai observé les couvertures des livres de Fante et que ça m'a donné envie. Mais je n'ai pas le temps. Les enfants de madame Puig sont là pour le week-end. Je les ai invités à venir me dire bonjour.

Baptiste

Tu aimes courir ?… Non ? Eh bien, elle c'est une femme qui aime courir, enfin qui aimerait, parce qu'il paraît que, à cause de moi, elle ne court plus. C'est stupide, non ? Personne n'a jamais empêché quelqu'un de courir. Elle ne le dit pas vraiment mais elle fait le constat que depuis qu'on est ensemble, elle ne court plus. En fait, ce qu'elle me reproche, c'est de ne pas courir avec elle. Si je ne suis pas là à suer à ses côtés, ça ne l'intéresse pas. Et je peux même aller plus loin. Aude sait très bien que je suis nul à la course, qu'au bout de cent mètres, je lui demande grâce, la langue pendante. Alors que, elle, elle est très douée à la course. Elle en a fait quand elle était petite en quasi-professionnelle…

C'est ça, c'est exactement ça, elle adorerait que j'accepte pour pouvoir assister au spectacle de mon humiliation. Et puisque je refuse, elle détourne sa demande et se plaint qu'on ne court jamais ensemble. Au bout du compte, elle se plaint de ne pas m'avoir à sa portée, là, minable et essoufflé, docile et, en plus, elle voudrait que je culpabilise à l'idée de ne pas assez lui donner à elle l'occasion de me faire souffrir moi. Ça fait longtemps que j'ai compris ça. Et impossible d'en parler. Entre nous, impossible. Elle fait celle qui ne me comprend pas, me regarde comme si j'étais un monstre d'égoïsme capable d'inventer les prétextes les plus insensés pour ne pas bouger de chez moi… Il y a deux ans, à Noël, elle m'a offert un survêtement. J'ai failli pleurer. J'étais effondré. Tous les cadeaux sont méchants, mais celui-là était insupportable. Je crois qu'on se déteste, on habite ensemble, mais on se déteste. Tous les jours, c'est la guerre…

Si elle fait ça, c'est pour se venger. Une vengeance que je dois accepter sans rien dire. Payer pour la faute que j'ai commise. Elle n'a pas besoin de me le réclamer, nous le savons tous les deux que je suis le salaud qui n'a rien à dire. Est-ce que j'ai une gueule de salaud ? Je sais, c'est ridicule, personne n'a une gueule de salaud. Moi pas plus que les autres. Je paye à cause de l'enfant. Ça fera quatre ans en mai. Un soir, elle m'a annoncé qu'elle attendait un enfant. Elle n'avait rien préparé pour cette annonce, pas de mise en scène, elle l'a dit comme on s'excuse. Je ne voulais pas d'enfant. Elle le savait. Moi je lui faisais confiance, et puis voilà, un soir de mai : j'attends un enfant. On était à table, c'était un dimanche, la veille, on s'était acheté un barbecue électrique. Le barbecue était calé sur le rebord de la fenêtre de la cuisine. Ça me rendait heureux cet achat, et pouvoir faire des grillades comme ça, au premier soleil de mai, je ne sais pas, un truc lié à l'enfance, un bonheur. Je me lève pour retourner les grillades. J'observe la viande qui change de couleur. J'attends qu'elle parle, après tout c'est elle qui a des choses à me dire. Je surveille les grillades et j'écoute. Évidemment, elle se tait. À l'époque, j'avais vingt-deux ans. Vingt-deux ans et elle voulait que j'aie un enfant. C'était n'importe quoi.

Il a duré très longtemps ce silence. Moi je n'avais pas à céder. Mon boulot, c'était les grillades : point. Quand elles furent prêtes, je les ai servies. Puis j'ai débranché le cordon électrique et je me suis assis pour manger. On a mangé. Et comme ça ne venait pas, je lui ai demandé comment elle les trouvait. Très bonnes, elle a répondu. Elle ne pouvait pas répondre autre chose, elles étaient excellentes mes grillades. L'après-midi s'est passé. Comme si de rien n'était, alors que désormais, entre nous, il y avait ce bébé qui poussait.

Le soir, sa mère a téléphoné, comme chaque fois, en plein repas. Aude l'a prise dans sa chambre. Moi j'ai fini de manger et je suis descendu choisir un film au vidéoclub en bas. J'ai pris mon temps. Je me souviens du film que j'ai choisi, un western de Clint Eastwood, *Unforgiven*. On l'a regardé au lit. On a éteint la lumière, on s'est dit bonne nuit et voilà. Maintenant ça me paraît incroyable qu'on ait réussi à passer cette journée sans en reparler, c'est long un jour entier, surtout qu'on s'est vus tout le temps. Je me demande encore d'où nous est venu ce courage…

Le lendemain après-midi, je n'avais pas cours. J'étais maître auxiliaire dans un collège privé. Je suis descendu faire des courses et j'ai croisé une fille qui avait mon âge, il y a eu, je suis obligé d'en parler, ça fait partie de l'histoire... Je l'ai suivie chez elle et on a baisé. C'était la première fois que, d'une, j'étais infidèle mais surtout que je couchais comme ça avec une fille que je ne connaissais pas. On s'est croisés. Je l'ai trouvée jolie, je me suis retourné, elle aussi, elle m'a fait un petit signe de tête, elle habitait tout à côté, en haut de la rue d'Odessa. Un deux-pièces, elle était étudiante, vraiment jolie. Ça ne m'était jamais arrivé. Même avant Aude. De la baise, joyeuse. Libre. J'étais très fier de moi, fier d'être l'amant d'une fille inconnue. Quand je suis revenu à la maison, Aude était déjà là, j'ai dit que j'étais parti faire les courses, de toute façon, elle ne m'a posé aucune question. J'ai même pas pris de douche. Le soir je me suis couché comme ça, elle n'a rien senti. Comme la veille, il n'y a pas eu un mot entre nous à propos du bébé. Ça a duré toute la semaine.

Dès que je finissais les cours, je filais chez la fille rue d'Odessa, je la quittais vers dix-huit heures, et je rentrais à la maison où Aude m'attendait. Chaque jour. Sauf qu'avec la fille, on baisait de moins en moins, on parlait de plus en plus. Et on parlait du bébé. Savoir si oui ou non, on devait le garder. Tout ce que par orgueil, disons par orgueil, tout ce que je refusais de dire à Aude, les doutes, les questions, les peurs, j'en discutais avec elle. Petit à petit, mardi, mercredi, jeudi, je lui confiai mon intimité. Plus on échangeait avec cette fille, plus entre Aude et moi le silence devenait terrible. Et quand je la voyais face à moi, immobile à attendre mes paroles qui ne venaient pas, je ne pensais qu'à une chose, c'était qu'à l'intérieur d'elle, le bébé continuait à pousser. En fait, ce que j'aurais voulu, c'est que pour lui le temps s'arrête, ou ralentisse afin de nous laisser à Aude et moi le temps nécessaire pour réfléchir, comme dans un roman de science-fiction où tous les personnages ne vivent pas à la même allure. J'aurais voulu que pour lui le temps se suspende et qu'Aude et moi, au contraire, nous prenions beaucoup d'avance, histoire d'être sûrs de savoir où on allait.

Le vendredi, la fille a voulu qu'on aille parler dehors, il y avait plein de soleil. On est allés sur la place Edgar-Quinet, en terrasse. J'ai commencé à lui raconter comment on s'était rencontrés avec Aude, les problèmes de mon petit frère, tout ça. Ça l'a touchée. Beaucoup. Elle me tenait la main, ça lui paraissait horrible, vraiment bouleversant. J'en rajoutais, j'ai toujours aimé ça, me faire plaindre.

Quelqu'un m'a touché l'épaule, je me suis retourné, c'était Aude. Je me suis levé, je me suis excusé auprès de la fille et, avec Aude, on est rentrés à la maison. Je lui ai tout raconté. Tout. Le sexe aussi. Et j'ai raconté mais c'était dans son silence à elle, il n'y a pas eu de pleurs, pas un reproche. À la fin elle m'a demandé alors on fait quoi ? J'ai répondu que je ne savais pas. Elle n'a pas insisté. Le lendemain matin, je me suis levé avant elle, j'ai rempli sans bruit un sac d'affaires et je suis allé à la gare prendre un train pour la Bretagne, Saint-Malo, je me suis sauvé. Ce n'était pas inhabituel chez moi, dès qu'on avait une dispute, je m'enfuyais, je pouvais disparaître plusieurs jours et quand je rentrais, j'étais prêt à parler. Ce samedi-là, je suis parti. Je n'ai pas trouvé d'hôtel dans la ville close. À Saint-Malo, je suis resté enfermé dans ma chambre. Je me suis résigné. Le lundi, j'ai décidé d'aller voir Steven, son centre n'est pas loin de Saint-Malo, près de Rennes. Steven, c'est mon petit frère. Quand il était petit en colonie, il y a un enfant qui l'a obligé à torturer un autre enfant qu'il avait lui-même tué, c'est une histoire horrible. Je n'ai pas à te raconter ça, je ne sais pas ce qui me prend, je suis désolé. Je n'aurais jamais dû te parler de Steven, surtout comme ça. Je gâche tout… Tu veux que j'arrête, tu me dis si tu veux que j'arrête. J'arrête, non ? C'est mieux. On va boire. On peut boire en silence. On n'est pas obligés d'étaler nos vies ainsi. Je m'excuse, vraiment. J'ai trop bu ou mal bu.

Je finis juste sur l'histoire avec Aude. Parce que, autrement, ça ne veut plus rien dire… Donc je suis allé voir mon frère à Saint-Jacques-de-la-Lande et je lui ai tout raconté sur Aude et moi, qu'elle attendait un enfant, qu'elle ne m'avait pas tenu au courant du projet et que j'étais désemparé. Perdu. Il m'a écouté.

Attentif. J'attendais un avis, son avis. Plus, sa bénédiction… Je voulais que ce soit lui qui décide si j'allais finir ma vie avec Aude. Parce que c'était ça dont il s'agissait. Pour moi, Aude n'était pas la femme de ma vie. Maintenant je sais que… je sais que, pour moi, aimer Aude, c'était un affront fait à Steven parce qu'elle est forcément très liée à cette nuit horrible. J'étais venu lui dire ça, lui dire quand tu veux je quitte Aude. J'aurais fait n'importe quoi pour revoir mon petit frère vivre. Dans ma tête, ç'a toujours été très clair, dès que Steven va mieux, je me sépare d'Aude, dès qu'il oublie, j'oublie Aude et tous les deux, mon petit frère et moi, nous serons solidaires dans l'oubli. Et nous nous en sortirons. Parce que toute une vie ne peut pas être détruite en une seule nuit. Tant que Steven est dans le passé, coincé dans le temps, moi je reste avec Aude, je la surveille, je l'interroge, je reconstitue, je suis beaucoup plus fort que les médecins. Steven et moi, nous sommes du même ventre, nous communiquons. Je veux comprendre tout ce qui s'est passé cette nuit-là, tout savoir, tout maîtriser, et quand Steven sort, je l'accompagne et je sais tout ce qu'il sait. J'ai tout vécu. Steven s'en tire, je quitte Aude et on part. Sans personne. Dans les bruits neufs, qui disait ça, les bruits neufs ?

Steven m'a félicité, il m'a dit qu'il était heureux de devenir tonton. Ça m'a rendu triste comme la pierre. Je ne suis pas resté toute l'heure à laquelle j'avais droit, je l'ai laissé quand il y a eu la cloche pour le goûter. Je suis rentré à Paris. Aude était à la maison, je lui ai expliqué que pour l'enfant je n'étais pas sûr. Elle m'a répondu de ne pas m'inquiéter, qu'elle avait réglé l'affaire, je me souviens très bien de sa formule, « régler l'affaire », et ça m'a rendu heureux. D'un coup, la tristesse a disparu, toute la semaine, je me suis senti soulagé, léger, content. Je faisais des blagues pour me faire pardonner, j'ai invité plein de gens à dîner à la maison, j'ai même repeint la cuisine. Aude me regardait faire, moi je souriais. Ce n'est que plus tard, peut-être trois mois après, que j'ai réalisé qu'elle n'avait pas pu avoir déjà avorté, ce lundi-là, qu'on ne pouvait pas comme ça, avorter en un jour. Aude avait encore le bébé quand elle m'a annoncé qu'elle avait réglé l'affaire. Elle a avorté plus tard, sans que je le sache, sans que ça se voie. Tu comprends pourquoi je te dis que maintenant avec Aude, c'est toujours à moi de payer ; je veux dire, quoi que je fasse, j'ai du sang sur les mains.

Baptiste et Cécile

– Pourquoi je te raconte ça. C'est gênant… Je ne comprends pas pourquoi je me livre là…

– Parce qu'on ne se connaît pas, ça aide.

– Tu t'appelles comment ?

– Cécile… Où va-t-on maintenant ?

– J'en sais rien, j'ai mal au crâne…

– Et toi ?

– Quoi moi ?

– Tu t'appelles comment ?

– Baptiste.

– Tranquille comme Baptiste…

– Si on veut.

– Dont la peau ne craignait rien de l'eau…

– Hein ?

– Tu ne connais pas l'histoire ? L'Évangile ? Saint Jean Baptiste était un cousin de Jésus, sa mère était en fait la sœur de Marie. Et lui, Jean Baptiste, annonçait aux gens l'arrivée prochaine du Seigneur. Il baptisait ceux qui croyaient avec lui, dans le Jourdain. Des foules vraiment nombreuses voulaient être baptisées, on venait de loin, aussi Baptiste passait presque ses journées entières dans l'eau. Sans se plaindre, il faisait son devoir. Tranquillement. Tu sais, quand on prend un bain pendant trop longtemps, on a la peau qui s'effrite, elle s'épluche par lambeaux. Celle de Baptiste ne craignait rien de l'eau. Un jour Jésus est venu sur les rives du Jourdain, j'ignore s'ils s'étaient déjà vus, je ne pense pas, en tout cas, Baptiste l'a baptisé et il a eu la révélation que Jésus était le prophète attendu.

– T'es sûre de ce que tu avances ?

– Tout le monde connaît l'histoire de Jean dit le Baptiste.

– Je croyais que ça venait du théâtre, les farces italiennes avec Arlequin, Polichinelle, Matamore, Baptiste… C'était un personnage simple d'esprit, doux et rêveur… Je ne veux pas jurer mais je ne pense pas que ce soit religieux. C'est un truc de théâtre. Baptiste c'est le mime, c'est parce qu'il ne parle pas qu'on dit qu'il est tranquille.

– Je t'assure, ça vient de l'Évangile.

– Peut-être. De toute façon, je ne suis pas croyant.

– Qui es-tu, Seigneur, pour que je croie en toi ?

– Ça ne m'intéresse pas beaucoup ce type de sentence.

– Et si je te dis que la vérité est parfois telle qu'il semble impossible d'y croire, là ça t'intéresse ? Bien sûr que ça t'intéresse Baptiste. Le réel et Dieu, c'est pareil, il est impossible d'y accéder de sang-froid. Impossible d'accepter qu'ils soient ce qu'ils sont. Pour moi, la vie ressemble de plus en plus à Dieu, elle est incroyable, une suite de preuves qui attaquent et accablent ma lucidité. Ou alors peut-être que je suis déjà enterrée ? Peut-être que tout est déjà fini, écrit, et qu'autour de moi, ce ne sont que des soubresauts, des énigmes.

– Je m'excuse, je t'ai ennuyée avec mes histoires. Je ne pensais pas que…

– Tu entends, Baptiste, tous ces oiseaux qui courent sur les routes ? Le vacarme. Franchement, rien dans toute la gentillesse des autres n'excuse le peu d'attention qu'ils nous portent.

– Tu me trouves égoïste ? Tu trouves que je ne pense qu'à moi ? Que je me plains trop ?

– C'est quoi alors, la félicité ?

– On a trop bu. Je crois que je vais rentrer. Il doit y avoir les premiers métros, non ? Il est quelle heure ?

– Emmène-moi à Notre-Dame, à l'Hôtel-Dieu. Liberté, Égalité, Fraternité, c'est ça qu'ils ont écrit au-dessus de la porte. Tu n'auras pas peur, là, à l'Hôtel-Dieu. C'est la réalité. Des blocs opératoires, maison de santé, camisole, cure de sommeil, glossolalie, verbigération, itération, palilalie…

– De quoi tu parles, Cécile ?

– Ah, ah ! Je t'épate, hein ? Moi aussi j'ai une langue. Réponds, si t'es capable. Fétichisme !

– Voyeurisme.

– Ondinisme.

– Masochisme.

– Nymphomanie !

– Tu veux qu'on couche ensemble ?

– Je suis mariée, qu'est-ce que tu t'imagines ?

– Je vais rentrer.

– Attends. Attends-moi ! Arrête de marcher vite comme ça, là, t'es pas près de me semer. Te défile pas. Si tu m'emmènes à l'Hôtel-Dieu, je te montrerai les plafonds. Viallat les a peints. Tu connais Viallat ? Tu ne connais pas ? Ces toiles représentent toujours une même forme, la plupart du temps, multipliée à de nombreux exemplaires.

– Sincèrement je m'en fiche. Je veux pas te vexer mais là je suis vraiment fatigué. Je vais prendre un taxi.

– Attends. Attends un peu, quoi. J'ai plein d'histoires moi aussi, plein de choses à raconter. Mes souvenirs d'enfance. Ça te dit pas d'entendre mes souvenirs d'enfance ? C'est intime, ça, non ? L'enfance... Tu me reprochais tout à l'heure de ne rien te confier d'intime. J'avais une copine, Élisabeth, qui voulait toujours jouer à l'accouchement. On avait dix ans, je pense, en sixième, on a dix ans, non ? Elle s'allongeait sur mon lit, les jambes repliées, cuisses écartées. J'étais censée être la sage-femme, je devais l'encourager, lui dire de pousser, de respirer. Bloquez. Poussez. Non, je me trompe. Avant, il fallait que je lui retire la culotte. Oh là là, madame, vous avez bien trop tardé, on voit déjà sa tête. Ah oui, je sens bien la tête, là. Attention, il va falloir être courageuse. Soufflez... Soufflez... Respirez un grand coup. Bloquez. Poussez ! Poussez, madame, poussez ! Et Élisabeth poussait, avec mes doigts fichés dans sa chatte. Elle respirait comme un bœuf. Elle prenait ça au sérieux, ç'avait l'air de lui plaire, à moi moyen. Un jour, à force de pousser, elle m'a pissé dans les mains. Elle ne pouvait même plus s'arrêter. La rivière. Il y en a eu partout sur la moquette. Pendant une semaine, j'ai regroupé toutes mes poupées au même endroit pour cacher la tache.

– Vous aviez dix ans ?

– Oui. Toi tu ne te branlais pas à dix ans ? Si ? Non ? Hé Baptiste, tu me racontes l'avortement de ta femme et tu ne peux pas me dire si tu te branlais à dix ans ? C'est ridicule... On ne faisait pas que ça avec Élisabeth, tu sais. Son grand truc, c'était de jouer au viol. Il y avait toute une histoire, des étapes précises. Je bronze sur la plage, un mec s'approche, c'est Élisabeth, il me drague, je lui dis que ça ne m'intéresse pas, alors il se met à m'insulter. Salope de pute, elle répétait ça tout le temps. T'es qu'une salope de pute, toi ? Hein ? Hein ? Je prenais ma serviette pour m'installer plus loin, le garçon me suivait. Je prenais peur. J'appelais à l'aide mais la plage était toujours déserte. C'est incroyable parce que je m'en souviens vraiment bien. Je me réfugiais dans une grotte. Le garçon arrivait. Il me ligotait les poignets, baissait ma culotte, et frout frout, le viol. Élisabeth se frottait comme une malade sur moi. J'étais nue mais, elle, elle gardait ses habits qui souvent me laissaient des marques sur la peau. À la fin, le garçon devait m'étrangler, on éclatait toujours de rire avant. Et toi, tu faisais des trucs avec tes copains ? Des tripotages ?

– Non. Des mises à l'air des fois, des concours de branlette. En sixième je ne crois pas. Plutôt après.

– Des trucs de pédé, non ?

– Je n'étais pas pédé. Je m'intéressais qu'aux filles.

– Des doigts dans le cul ? Des pipes ?

– T'es folle. Jamais de la vie.

– Je te dis pas maintenant mais quand t'avais dix ans ?

– Non. Non.

– T'as jamais roulé un palot à un de tes copains ?

– Écoute, Cécile, je n'en peux plus. Je prends un taxi.

– Tu vas où ?

– J'habite à Montparnasse, près de la gare.

– Un quartier à pédés.

– Quoi ?

– Autour des gares, c'est des quartiers à pédés, non ?

– Tu peux arrêter un moment, là, avec les pédés ? Tu veux pas parler d'autre chose ?

– Pourquoi tu me dis ça ?

– Parce que t'arrêtes pas, c'est pénible, je te jure. T'as pas besoin d'en parler comme ça tout le temps.

– T'habites où exactement ?

– Impasse de la Gaîté.

– Tu rigoles…

– Non. J'habite impasse de la Gaîté et, d'ailleurs, je rentre.

– Tu ne veux pas m'emmener à Saint-Malo ?

– Je travaille, là, demain. Je... faut que je voie Aude... Tu comprends ? Je ne t'ai pas tout dit, mais je suis dans une passe difficile avec elle et je ne veux pas lui faire de mal, ça...

– Tais-toi, Baptiste. Tais-toi.

– Bon, j'y vais... J'ai ton téléphone de toute façon... À bientôt. Je t'appelle. Promis, j'appelle.

– Bien sûr. Bien sûr. Tu vas téléphoner et il faudra préparer ma valise. Serviette de plage, lunettes de soleil, autobronzant. Un hôtel dans la ville close, à l'abri du vent... « Promis, j'appelle », imbécile... Mais oui, mais oui. Va retrouver ta femme avec son petit fœtus, là, attaché autour du cou. Le barbecue sur la fenêtre. Tu t'imagines quoi, que tu me manques ? « Promis, j'appelle », imbécile. Si je vis avec toi, bientôt ma peau aura l'odeur des cassettes vidéo. Céréales le matin, cigarettes le soir. Elle aura belle mine, hein ? Elle aura belle mine... Je voulais seulement encore parler. Boire encore avec toi et te raconter des choses. Qu'est-ce que ça t'aurait coûté à toi de m'écouter un peu ? Qu'est-ce que ça t'aurait coûté ? Redescendre dans la ville, sur l'île de Notre-Dame. Je connais un endroit où on peut escalader les grilles fermées du square Jean-machin. Je t'aurais montré. On se serait assis dans l'herbe, sous les cerisiers, ils ont déjà fleuri. J'ai des minibouteilles plein les poches, j'aurais partagé. À la santé de la Seine ! Il faut toujours boire à la santé des fleuves, ça les empêche de déborder. Tu sais, Baptiste, je voulais te dire… seulement ça, des souvenirs d'enfance. Et parler et boire et te regarder sourire. Parce que tu as un très joli sourire, Baptiste, une très jolie bouche et la fossette sur ta joue gauche, je la trouve très jolie aussi…

Steven

« Il a poussé si loin l'amour qu'il impressionne surtout celles qui sont aimées et ceux qui aiment. Les lâches pâlissent quand ils l'approchent, parce que son audace les blâme. Les audacieux rougissent devant d'être en retard encore sur sa violence. »

Jouhandeau parlait de toi Jérémy, voilà le rêve que j'ai eu. Et je me suis cru audacieux. Est-ce parce que j'étais aimé ou parce que j'aimais ?

Le jour commence à prendre sur le parc. Bientôt les avions décolleront à nouveau. J'ai relu *Clodomir l'assassin*, j'avais besoin de me calmer, respirer, veiller, n'avoir la tête qu'à des mots. Or, ceux-là, je les connais presque par cœur :

« Tout le monde se mit à la fenêtre pour voir commettre un crime. »

Ils me rassurent. Ils m'informent de ce que je sais déjà, c'est une famille, un intérieur. Et d'habitude, leur lecture est une magie noire qui sait dompter mes peurs. D'habitude, mais ce matin, les choses ont changé.

« Les battements du cœur de Clodomir pour Sidonie allaient remuant le monde entier. »

Je n'y crois plus à tes battements de cœur. Mon adoré a les cheveux roux, raides, en brosse, décoiffés. Il se lève le matin et il n'y touche pas. Sais-tu seulement encore la couleur de mes cheveux ? Au fond de ta cellule, penses-tu encore au baiser sur la bouche que tu me donnas le premier jour ? C'est notre seul baiser. C'est mon seul baiser. J'ai dix-neuf ans et, à part toi, qui d'autre aurait pu m'embrasser ?

« Il lui disait : “Je n'ai reçu de toi que douceur. Qui a pu te satisfaire après Clodomir ?” »

J'ai dix-neuf ans et personne ne m'a aimé. J'ai plus été examiné que regardé, plus palpé que touché. Chacune de mes rencontres s'est déroulée pour moi comme une visite médicale. Je suis un patient. Depuis huit ans, je n'ai été envisagé que comme un mal à guérir. Et c'était par fidélité. Je t'attendais Jérémy. Tu finiras par sortir de prison, je voulais être là à t'accueillir, inchangé. Nous aurions marché dans la ville, des pas lents, réguliers, précis. Tu aurais voulu manger un chausson aux pommes, ça fait tellement longtemps. Viens, là, une boulangerie, non, non, moi, je ne prends rien. Garde ton argent, je peux payer. Tu aurais mordu dans la pâte feuilletée. Mâche, mâche doucement, mon amour. Et tu me regardes un peu surpris, un peu déçu. Finalement, je n'avais pas oublié le goût, me dis-tu.

Non, tu ne me dis rien. Tu ne sors pas. Tu ne m'attends pas.

« Résolu à tuer, Clodomir était plus malheureux que le sous-officier résigné à mourir. »

C'est faux. Tu étais très heureux. Satisfait. La peine de l'assassin, tu ne l'as pas connue. Car tu n'es pas Clodomir, Jérémy. Je ne suis pas Sidonie, Antoine n'était pas le sous-officier. Devant son corps qui brûlait, tu ne m'as pas dit :

« Aime-le bien ainsi. Caresse-le, mais caresse-le donc. Moi, je vais en prison ; c'est meilleur que dans tes bras. »

Tu ne me l'as pas dit parce que tu ne nous avais pas surpris. Tu n'avais rien vu. Personne ne pouvait nous voir. Vous étiez tous autour du feu à griller vos saucisses. Seuls Antoine et moi étions descendus dans le bois, on ne voulait pas chier dans les feuillées, ça nous dégoûtait trop. On va dans le bois ? Ce n'était pas mon idée. J'ai suivi Antoine. On a voulu se cacher l'un de l'autre, chacun sur une rive du ruisseau, mais finalement, quand j'ai relevé la tête après avoir baissé mon pantalon, je l'ai vu accroupi, à découvert. Il m'a vu. Toi, non. Quand nous vous avons rejoints, tu m'as demandé où j'étais passé. Chercher de l'eau au cimetière… Pourquoi t'ai-je menti ? J'avais le droit d'aller dans le bois seul avec Antoine et même si nous étions nus, nous ne nous sommes pas touchés, juste vus. Ce n'était pas une raison suffisante pour le tuer.

« Peut-être un instant désira-t-il de s'y enfermer pour toujours, de la tuer, de se tuer, comme on oublie, ou bien de la posséder encore une fois terriblement sur ce cadavre dans l'ivresse royale de sa victoire. »

Antoine assassiné n'était pas ta victoire, Jérémy. La chambre du meurtre n'était pas la chambre d'amour. Si tu as tué, tu n'as pas tué par amour. Ça fait déjà quelque temps que je l'ai compris. Mais jusqu'à cette nuit, je pensais que mon amour suffisait. Assez fort pour deux. Maintenant je ne t'aime plus.

Je ne t'aime plus.

Je le dis face au mur, devant ta photo que je n'ai même pas besoin de déchirer. Ton visage est à moi, il ne m'effraie pas. Je ne dis pas que j'ai trop baisé tes lèvres sur ce papier. Je ne dis pas que tu m'as gâché la vie, que chaque nuit je t'ai veillé pour rien, que ma bite ne bandera plus pour tes beaux yeux…

Je ne t'aime plus.

Tout à l'heure, j'irai rendre le livre de Jouhandeau à la bibliothèque. Ils ne me reprocheront pas la couverture abîmée, j'aurais l'air qu'il faut pour qu'ils ne me reprochent rien. Tu veux choisir autre chose, Steven ? Non, vraiment, je vous remercie, et je sortirai dans le parc. J'irai courir autour des massifs de rosiers.

Je ne t'aime plus, même de ces mots-là, un jour, je n'en aurai plus besoin.

Je sortirai sans rien, sinon mon corps, mes yeux, mes dents. Je ne suis plus enfermé à l'intérieur de toi. Voilà, courir dans le jardin, il faut que je prenne l'air.

Le jour s'est presque installé, il y a des reflets roux aux quatre coins du parc.

Je me rhabille, les gens du personnel viennent garer leurs voitures sous mes fenêtres. Je n'ai pas très envie qu'aujourd'hui ils me voient nu.

Dans le couloir, j'entends les chariots des femmes de service qui viennent apporter le petit déjeuner aux lève-tôt.

J'entrouvre la porte et glisse ma tête. Yvette m'aperçoit. Elle me murmure « bonjour ». Il ne faut pas réveiller les autres. Je marche jusqu'à elle sur la pointe des pieds.

– Je pourrais avoir un café ?

– Bien sûr. Retourne dans ta chambre, j'arrive.

J'obéis. Mon lit n'est pas défait. Vite, je soulève un drap, bouscule la couverture. Yvette ne doit pas savoir que je n'ai pas dormi de la nuit.

Elle rentre dans la chambre avec un plateau. Je l'invite à le poser sur le bureau, face à la fenêtre.

– Tu m'as l'air de bien bonne humeur ce matin, Steven.

– Oui, oui…

Je n'insiste pas. Il faut qu'Yvette sorte. C'est la catastrophe sinon. Pas de discussion. L'air sévère, l'air sévère. Merci. Il faut que je lui dise merci et au revoir. Je dois la mettre dehors.

Elle s'en va. Elle me demande de rapporter le plateau sur la desserte installée dans le couloir. Elle s'en va, ferme la porte. Je me précipite sur le bureau. Les deux tubes de Ventoline y traînent. Elle ne les a pas vus. Ils sont vides, je les jette dans la cuvette des w-c après les avoir démontés. Je dois tirer la chasse longtemps avant qu'ils disparaissent. C'est fait. Calme, calme.

Maintenant, réinstallons-nous devant la fenêtre, il nous semble que nous avons grand appétit.

Aude

Baptiste,

Je suis en retard, je n'ai pas le temps d'écrire beaucoup. J'ai laissé la cafetière allumée, pense à la débrancher après t'être servi. Je n'ai pas pris la voiture, j'ai posé les clefs sur ton bureau.

N'oublie pas que tu as cours cet après-midi. Tu as pris déjà beaucoup de congés maladie, ce serait bien que tu y ailles aujourd'hui, même si je sais que ce ne sera pas facile.

Ce soir nous avons un dîner, n'oublie pas... Si ça t'embête, laisse-moi un message au boulot, je décommanderai.

Ta mère a téléphoné hier, autour de vingt-deux heures, elle avait l'air vraiment embêtée de ne pas te trouver. J'ai essayé de l'interroger mais elle n'a rien voulu me dire. Juste qu'il ne s'agissait pas de Steven. Ne t'inquiète pas. Essaie de la rappeler.

Je file, je ne suis vraiment pas en avance.

Je t'embrasse partout mon chéri parce que je t'aime très fort.

À tout bientôt.

Baptiste

Je m'avance sur le pont, vers les balustrades. Je me penche pour observer l'eau qui cogne contre la coque. Nous sommes partis depuis moins d'une heure et déjà la pleine mer. J'ai beau plisser les yeux, aucune côte ne se dessine sur l'horizon. Steven s'est endormi dans la voiture, j'ai préféré ne pas le réveiller. Peu de passagers ont embarqué, le ferry est presque désert. Tout à l'heure, un groupe scolaire m'a demandé de le photographier, toute une classe autour de son prof d'anglais. Ils ont posé, joyeux et tranquilles.

Je commence à sentir la fatigue, mes yeux me brûlent, et j'ai l'impression que mon corps est une grotte sèche. Plus que la nuit blanche, je crois que c'est le voyage en voiture jusqu'à Rennes qui m'a épuisé.

Les médecins n'ont posé aucun problème, ils n'ont même pas téléphoné aux parents pour confirmer l'autorisation. J'ai signé la décharge et Steven est monté dans la voiture. Ni lui ni eux ne m'ont demandé quand nous reviendrons.

Et j'avoue, ce n'est que maintenant que je réalise que Steven aurait très bien pu refuser de me suivre. Très bien pu me dire qu'il ne voulait pas venir avec moi.

Le temps est couvert, ciel gris et bas. Je vais redescendre prendre un café au bar, peut-être manger quelque chose. Je regrette un peu de ne pas avoir laissé une lettre à Aude, au moins quelques mots. Elle va s'inquiéter et personne ne pourra la rassurer. Quand nous débarquerons, je téléphonerai aux parents, ils la préviendront.

Le serveur a un tatouage sur le bras gauche. Il a retroussé sa chemise trop haut. C'est un bracelet qui semble lui entourer complètement le bras, on dirait de l'écriture arabe.

– C'est une calligraphie de Yassan Mamoudi, vous connaissez ?

Il me tend son bras pour que je l'observe.

– C'est joli.

– Vous lisez l'arabe ?

– Non…

– Ça ne fait pas longtemps que je l'ai et je n'ai encore trouvé personne qui puisse me dire ce que ça signifie… Je crois que c'est un proverbe, un truc sur les riches et les pauvres. Je vous mets des croissants avec le café ?

– Oui, s'il vous plaît… Il n'y a pas beaucoup de monde.

– C'est calme, pas plus mal… Mais hier, il y avait Marie Laforêt à bord.

– Ah oui.

– Très sympa. On a bien parlé… Tenez, du sucre ?

– Non, je vous remercie…

– Elle voyageait avec une amie, pas du tout en situation professionnelle. Non, du privé. Elle a de la famille en Angleterre, sa sœur je crois…

– Elle chantait quoi déjà, Marie Laforêt ?

– Ben justement, avec mes collègues, on se demandait pareil, incapable de se souvenir.

– Si, la colline là, ah… Ma mère écoutait ça…

– Moi, je ne vois pas. J'ai cherché pourtant hier soir, dans ma cabine, mais rien.

– Je vais m'asseoir, si je trouve, je vous fais signe.

– D'accord. Je vous offre l'apéro si vous trouvez.

Face à moi, affalés dans une banquette, deux adolescents s'embrassent et d'où je suis, j'entends des bruits de succion, petits soupirs. Leurs visages ne se touchent pas, ni leurs bouches, juste leurs langues, entortillées l'une autour de l'autre. Ils ne font rien avec leurs mains, ce n'est qu'un baiser. Et je ne sais pas si c'est ça, ou le bateau qui tangue, la fatigue, le café mais j'ai un poids dans le ventre qui me donne envie de vomir. Je fixe mon regard sur le comptoir du bar. Une ligne horizontale où reposer ma vue. Concentré, je ne fixe qu'elle. J'essaie de ne penser à rien d'autre, juste la ligne. Droite et chromée. Mais j'écarquille les yeux et j'aperçois le serveur qui me sourit.

Je lui réponds.

Il me lance un signe de tête, il veut savoir si j'ai trouvé.

Je fais non. Puis je hausse les épaules, désolé.

Steven m'a demandé s'il pouvait s'installer sur la banquette arrière alors que nous traversions Rennes. « Je suis crevé », il a dit. Ça m'arrangeait, moi non plus je n'avais pas vraiment la force de parler.

J'ai guetté dans le rétroviseur tous ses bâillements, battements de paupières puis sa respiration qui ralentissait, son souffle régulier. Je me suis mis à conduire moins vite. Nous n'étions pas pressés. Quand nous sommes arrivés à l'embarcadère de Saint-Malo, il y avait un ferry à quai, prêt à partir. Billets, enregistrements. Garer la voiture dans la soute. Steven dormait toujours. J'ai refermé la portière sans la claquer, je ne voulais pas le réveiller. Puis je suis resté là, adossé au capot.

À part des chiens, il n'y eut bientôt plus personne dans les voitures autour de nous.

Steven avait enfoui sa tête entre ses deux bras, les poignets collés contre ses oreilles. Une mèche de cheveux enroulée autour d'un de ses doigts. Mais il ne ressemble plus à un enfant. Il me ressemble. Il n'est pas mieux rasé que moi. Je suis resté longtemps, une demi-heure, immobile. Je voyais Steven et je pensais à

Aude, aux bons moments passés avec elle, j'ai pensé aussi que ça faisait des années que je ne l'aimais plus, pensé que j'allais devoir déménager, acheter de nouveaux meubles, partager nos CD. Et ce fut sans effroi, ni mesquinerie que je me suis promis d'être irréprochable.

Et dans son sommeil, Steven s'est retourné vers le siège. Je ne voyais plus que sa nuque, où la sueur avait formé un épi. Et c'était très joli cet épi. Et je me suis dit que, décidément, j'adorais ça, regarder mon petit frère dormir.

Steven

Est-ce qu'une fois à Londres, j'aurai un vrai amant ?

C'est Baptiste qui me l'a présenté, il s'appelle Gary. Il travaille en bas dans un magasin de photocopies. Baptiste l'a vite repéré, il me dit que je devrais aller dans le magasin, m'intéresser. Il dit que si je veux, je peux le ramener dans la chambre, lui ça ne le gêne pas… Ça m'agace son insistance.

– Il faut que tu baises, Steven !

– Arrête de me dire tout le temps ce que je dois faire, tu veux ?

Il se vexe. Il part pour l'après-midi.

Je mate Gary par la fenêtre, il passe son temps à fumer sur le trottoir en attendant le client. Dès qu'il relève la tête, je me cache derrière le rideau. C'est assez excitant puis ça devient ennuyeux. Je me décide. Je cherche dans la chambre des documents à faire photocopier. Je cherche pendant des heures, il n'y a rien. Pas un papier, ni magazine, ni livre. Je suis perdu.

Penché au-dessus du lavabo de la salle de bains, je

plonge la bouteille de shampooing dans l'eau brûlante. Je la ressors puis je gratte de l'ongle la paroi en plastique. J'arrive à décoller le coin de l'étiquette. Je tire avec précaution et l'étiquette se détache sans se déchirer. Je la repose sur le bord de la baignoire. C'est un trésor.

La chaleur du sèche-cheveux a fait gondoler un peu les bords.

Je dévale l'escalier, traverse la rue, pénètre dans la boutique. Nous sommes seuls.

Gary me dit un truc que je ne comprends pas, et c'est terrible parce que alors je me souviens : je ne connais pas un seul mot en anglais. Pas un.

– C'est pour une photocopie.

Il me regarde, il me sourit, il ne parle pas ma langue.

Je tiens l'étiquette du shampooing au bout des doigts. C'est ridicule. Je la froisse et la jette dans une corbeille.

Nous n'y arriverons jamais. Je lui tends la main, j'abandonne, salut.

Gary ne lâche pas ma main. Il a compris. Il comprend. C'est pour lui que je suis ici.

Tous les après-midi, il monte me rejoindre dans la chambre. On s'allonge sur le lit, on se caresse un peu. C'est tout. Gary est très timide.

Le soir, Baptiste me donne des leçons d'anglais mais je ne retiens rien, sinon, deux mots : « bad » et « good ». Ils me suffisent pour me débrouiller sans lui.

Plusieurs semaines passent et un jour Baptiste décide qu'on doit rentrer en France. Je pense que c'est parce que nous n'avons plus d'argent, je ne pose pas de questions.

– Je m'en vais.

Gary ne me comprend pas, il sourit. Il ouvre grande la fenêtre en faisant signe que ça pue, puis signe de fumer une cigarette. Baptiste et moi n'avons jamais aéré la chambre.

Gary s'assoit sur le lit. Il veut discuter. Il a encore la patience.

– Je m'en vais. Je rentre en France.

Gary sourit et ça ne ressemble pas du tout à un sourire d'adieu. Il ne comprend toujours rien à ce que je raconte.

Je fouille dans mon sac à la recherche d'un papier, d'un stylo et je m'installe sur le petit bureau devant la fenêtre. Gary ne bouge pas, il me regarde faire, s'étire, s'allonge sur le lit. Il a tout son temps.

Je dessine trop vite la France et l'Angleterre, on dirait deux pommes de terre. Je les relie par un tube que je recouvre ensuite de lignes gondolées. Même moi j'ai du mal à distinguer qu'il s'agit du tunnel, alors je me résous à dessiner un petit bonhomme au-dessus de l'eau, à ses côtés, je mets une flèche qui indique le sens de la marche. D'où je suis, je montre le dessin à Gary. Il fait une grimace perplexe, hausse les épaules, fait mine de réfléchir... « Jesus Christ ! » s'exclame-t-il enfin.

Sans me retourner, je dis :

– Jésus-Christ bad, Steven good…

Ça le fait beaucoup rire.

Il s'approche. Il me prend par les épaules. Dans la rue défilent des gardes habillés comme au Moyen Âge.

– Do you leave me ?

Il glisse la main entre mon jean et mon slip puis sous mon slip. Il me caresse. Ses doigts cherchent mon trou, ils s'y enfoncent. Dehors il y a le château de la reine. Buckingham. Les princes chahutent dans le parc.

– Come, come…

Gary glisse sa tête dans mon cou. Je sens la pression de ses mains qui me tirent vers le lit. Je résiste. Je ne bougerai pas. Il dégrafe ma braguette. Les princes se mettent des fleurs dans les cheveux. Charles arrive, il leur court après. Des cris. Gary murmure dans mon oreille : « Je triste… »

– Bad, on dit pas je triste… Bad.

– Je triste, good.

Sa bouche se penche vers moi. Ses lèvres, j'entrouvre la bouche. Sa langue vient se placer dedans, elle glisse entre mes joues… La douceur des gens, c'est dans la bouche qu'on la ressent. Pas sur les lèvres, non, dedans, je le sais maintenant, le toucher de la langue, voilà, tout est dans la langue… Je me serre contre Gary. Il se détache de moi, dépose un baiser sur chacune de mes paupières puis il se sauve. Nous ne nous reverrons plus et je n'ai même pas les mots pour dire merci.

Baptiste doit arriver, il faut que je sois prêt à partir. Je range nos derniers vêtements dans la valise. Je crois qu'à mon retour, je dirai à mes amis que l'Angleterre est un joli pays.

Il va falloir que je pense à me faire des amis.

Je me suis réveillé en sursaut. Quelqu'un toquait contre le carreau de la voiture, j'ai baissé la vitre.

C'est un homme qui porte une combinaison bleue, il n'a pas l'air méchant.

– Dites, monsieur, je vous conseille de regagner le pont. Ils ont annoncé un grain, ça va remuer.

Mon corps est une pâte molle, un frisson. Je suis un vide qui se remplit d'eau chaude.

L'homme me demande si ça va. Je ne lui réponds pas. Je souris. Je sais que ça va.

Yvette, la Ventoline et le café. Tout me revient en tête. Baptiste, Rennes et la banquette. Un bateau. Je suis sur un bateau pour l'Angleterre, Baptiste m'avait parlé de ça. Un voyage.

– Vous êtes sûr que ça va ?

– Oui, je vous suis… Vous m'attendez ?

Nous remontons des couloirs bordés de cabines. Par un hublot, j'aperçois soudain la mer. Effectivement, ça remue.

– Voilà, vous prenez à gauche puis après tout droit. Vous arriverez au bar, derrière, c'est la salle télé.

– Je vous remercie.

J'avance prudemment. J'ai du mal à garder mon

équilibre. Il n'y a pas grand monde sur ce bateau.

Baptiste est assis sur une banquette, face au comptoir. Quand il me voit, il me fait un petit signe de la main.

Baptiste et Steven

– T'as bien dormi ?
– On est loin ?
– Oui… Il y en a encore pour quatre, cinq heures.
– Ah…
– Tu veux boire un truc ?
– Non, je crois pas. Pas maintenant. Je te pique un bout de croissant.
– Vas-y, finis-le.
– J'aimerais bien prendre le tunnel.
– Là c'était pas évident, Steven, il aurait fallu remonter sur Paris.
– Non mais je dis pas ça pour aujourd'hui, mais un jour, quoi. Ça doit être bien. Est-ce qu'on voit la mer à travers les vitres du train ?
– Ben non, t'avances sous un tunnel, c'est complètement noir. Comme quand tu passes sous une montagne.
– Dommage, ils auraient dû faire des ouvertures.
– Tu te souviens quand on creusait des tunnels à la plage ?
– Oui, je me souviens bien. À l'île de Ré.

– Chacun de notre côté à gratter le sable mouillé, et une fois qu'on touchait l'eau, on creusait en oblique jusqu'à ce que nos doigts se touchent.

– Toi, souvent, tu creusais pas assez profond, alors ça s'effondrait.

– Qu'est-ce que tu racontes ? C'est complètement faux, je creusais très bien.

– Le mauvais ! T'as vu comme tu te vexes ?

– Non, je suis désolé, Steven.

– Arrête, hé, t'es tout rouge.

– Tu dis n'importe quoi.

– C'est ça oui… Bon, on va faire quoi en Angleterre ? C'est où déjà qu'on va ?

– Exeter.

– C'est loin de Londres ?

– Oui, pas mal. Mais ne t'inquiète pas, on ira si tu veux.

– Et les gens que tu connais ?

– C'est une fille qui était assistante en anglais dans mon collège.

– On va dormir chez elle ?

– Je ne sais pas. On verra.

– Tu l'as prévenue qu'on arrivait au moins ?

– Non. Je me suis décidé trop vite. Au cas où, on trouvera bien un hôtel.

– Mais t'es en vacances toi en ce moment ?

– Non, non… Je me suis mis en congé maladie. J'en ai ras le bol de…

– Tu veux arrêter ?

– J'aimerais bien, oui. C'est pas si facile, j'ai besoin d'argent.

– Elle en a Aude de l'argent, non ?

– On va se quitter.

– Je savais pas, maman m'avait pas dit.

– Non mais ça va, hein… C'est pas un drame. C'est mieux comme ça, voilà… Je t'expliquerai.

– C'est elle qui veut plus ?

– Non. C'est, c'est nous deux, quoi…

– Ça bouge, là, c'est normal ?

– Oui, oui… Tout à l'heure ils nous ont annoncé qu'on allait avoir une mer forte. T'as mal au ventre ?

– Non. Pour l'instant, ça va.

– Approche… Tu les entends ?

– Quoi ?

– Derrière toi, le mec et la fille… Discrètement, Steven.

– Et alors ?

– Ça fait une heure qu'ils se bavent dessus.

– Tu veux qu'on bouge ?

– Non, non, mais je trouve ça rigolo.

– Ils sont avec leur prof ?

– Je pense, oui. Ils doivent se cacher.

– Ils sont jeunes, non ? Quoi ? Douze ans ? On a quel âge en sixième ? Douze ? Onze ?…

– Dis, au fait, tu connaîtrais pas une chanson de Marie Laforêt ?

– *Viens, viens, viens dans ma roulotte. Viens, viens, sucer ma carotte…*

– Non, mais c'est sérieux, Steven, j'ai un apéro en jeu.

– Si tu préfères, il y a aussi : « Je voulais tant que tu comprennes, toi que je vais quitter ce soir, qu'on peut avoir de la peine et sembler ne pas en avoir. Le cœur blessé, encore sourire, indifférente, apparemment, au dernier mot qu'il faut écrire, lorsque finit mal un roman. »

– T'es sûr que c'est d'elle ? Certain ? Tu pourrais le rechanter devant le serveur ? Là-bas, celui du bar ? Tu pourrais ? C'est avec lui que j'ai parié.

– Si tu veux.

– Cool… Il est pas mal, d'ailleurs, ce serveur.

– Oh non, Baptiste, pitié.

– Quoi ?

– Je te vois venir, arrête…

– Faut que tu baises, Steven !

– Putain, mais c'est pas vrai.

– Moi je m'en fous, hein… Hein ? Viens m'embrasser. Allez ! Tu peux bien m'embrasser… Depuis quand tu m'as pas embrassé ? Steven, je t'ordonne de venir faire un baiser à ton grand frère.

– Vas-y ! Hurle pendant que tu y es !

– Non ?

– Hé…

– Quoi ?

– Bon.

DU MÊME AUTEUR

L'Infamille
roman
Éditions de l'Olivier, 1997
et « Points », n°P 1365

Le Pire du troupeau
théâtre
Éditions de l'Olivier, 2001

Scarborough
roman
Éditions de l'Olivier, 2001

Le Livre pour enfants
roman
Éditions de l'Olivier, 2005

Ouvrages pour la Jeunesse

Tout contre Léo
L'École des loisirs, 1996

C'est plus fort que moi
L'École des loisirs, 1996

Je joue très bien tout seul
L'École des loisirs, 1997

L'Affaire P'tit Marcel
L'École des loisirs, 1998

Les Débutantes
théâtre
L'École des loisirs, 1998

Je ne suis pas une fille à papa
illustrations d'Antoine Guilloppé
Thierry Magnier, 1998

Une toute petite histoire d'amour
L'École des loisirs, 1998

Zéro de lecture
L'École des loisirs, 1998

Les Nuits où personne ne dort
illustrations de Gwen Le Gac
L'École des loisirs, 1999

Mon cœur bouleversé
L'École des loisirs, 1999

Bretonneries
illustrations de Gwen Le Gac
Thierry Magnier, 1999

M'aimer
illustrations de Alan Mets
L'École des loisirs, 2004

RÉALISATION : PAO ÉDITIONS DU SEUIL
IMPRESSION : NOVOPRINT
DÉPÔT LÉGAL : AOÛT 2005. N° 51239
IMPRIMÉ EN ESPAGNE